文春文庫

帰り道

新・秋山久蔵御用控（十六）

藤井邦夫

文藝春秋

目次

おもな登場人物

秋山久蔵　南町奉行所吟味方与力。〝剃刀久蔵〟と称され、悪人たちに恐れられている。心形刀流の遣い手。普段は温和な人物だが、悪党に対しては情け無用の冷酷さを秘めている。

神崎和馬　南町奉行所定町廻り同心。久蔵の部下。

香織　久蔵の後添え。亡き先妻・雪乃の腹違いの妹。

大助　久蔵の嫡男。元服前で学問所に通う。

小春　久蔵の長女。

与平　親の代からの秋山家の奉公人。女房のお福を亡くし、いまは隠居。

太市　秋山家の奉公人。おふみを嫁にもらう。

おふみ　秋山家の女中。ある事件に巻き込まれた後、秋山家に奉公するようになる。

幸吉　〝柳橋の親分〟と呼ばれた弥平次の跡を継ぎ、久蔵から手札をもらう岡っ引。

お糸　隠居した弥平次の養女で、幸吉を婿に迎えて船宿『笹舟』の女将となった。息子は平次。

弥平次　女房のおまきとともに、向島の隠居家に暮らす。

勇次　元船頭の下っ引。

雲海坊　幸吉の古くからの朋輩で、手先として働く托鉢坊主。ほかの仲間に、しゃぼん玉売りの由松、蕎麦職人見習いの清吉、風車売りの新八がいる。

長八　弥平次のかつての手先。いまは蕎麦屋『藪十』を営む。

帰り道

新・秋山久蔵御用控（十六）

第一話

返討ち

一

大川《おおかわ》の流れは煌《きら》めき、様々な船が行き交っていた。

両国広小路《りょうごくひろこうじ》には露店や見世物小屋が連《つら》なり、遊びに来た人々で賑《にぎ》わっていた。

雲海坊《うんかいぼう》は、両国橋の西詰、袂《たもと》に並ぶ露店の端に立って経を読み、托鉢《たくはつ》に精を出していた。

派手な半纏《はんてん》を着た二人の若い男と十四、五歳の少年が托鉢をする雲海坊の前を通って両国広小路の賑わいに入って行った。

佐吉《さきち》……。

雲海坊は、自分の前を通り過ぎて行った十四、五歳の少年が佐吉だと気が付いた。

一緒の野郎たちは何処《どこ》の誰だ……。

雲海坊は、派手な半纏を着た二人の男が気になった。

佐吉は何をしているんだ……。

雲海坊は、托鉢を止めて背後に立て掛けてあった錫杖《しやくじよう》を手にし、派手な半纏を着た二人の男と佐吉を追った。

派手な半纏を着た二人の男と佐吉は、両国広小路の雑踏を見廻しながら進んだ。

雲海坊は追った。

派手な半纏を着た二人の男と佐吉は、大店《おおだな》の若旦那風の男とお嬢さんの二人連れの後を尾行《つけ》始めた。

雲海坊は眉をひそめた。

派手な半纏を着た二人の男と佐吉は、若旦那とお嬢さんを尾行廻した。そして、若旦那とお嬢さんに声を掛け、米沢町の路地に連れ込んだ。

雲海坊は、路地に急いだ。

派手な半纏を着た二人の男と佐吉は、若旦那とお嬢さんを脅していた。

若旦那は、お嬢さんを後ろ手に庇《かば》いながら財布から小判を出し、派手な半纏を着た男に差し出していた。

かつあげだ……。

雲海坊は睨《にら》んだ。

派手な半纏を着た二人の男は、若旦那をさらに脅して財布を奪い取ろうとした。

若旦那は必死に抗《あらが》った。

野郎……。

雲海坊は、呼子《よびこ》笛《ぶえ》を吹き鳴らした。

呼子笛の甲高《かんだか》い音が響き渡った。

「かつあげだ。強請集《ゆすりたか》りだ……」

雲海坊は叫んだ。

派手な半纏を着た二人の男は、慌てて路地を飛び出して逃げた。

「ちょ、長吉《ちょうきち》の兄貴……」

佐吉が慌てて続いた。

派手な半纏を着た二人の男と佐吉は、路地から飛び出して両国広小路の雑踏に逃げた。

雲海坊は、厳しい面持《おもも》ちで見送った。

若旦那とお嬢さんが、路地から出て来た。

「さあ、早く家に帰りな……」

雲海坊は告げた。

「は、はい……」

若旦那とお嬢さんは、慌てて立ち去った。

雲海坊は見送った。

「雲海坊さん……」

下っ引の勇次《ゆうじ》と新八《しんぱち》が駆け寄って来た。

柳橋《やなぎばし》の船宿『笹舟《ささぶね》』は、両国広小路と神田川を挟んだ近さだ。

「呼子笛を鳴らしたのは……」

勇次は尋《たず》ねた。

「俺も呼子笛を聞いて慌てて来たんだが……」

雲海坊は、惚《とぼ》けて辺りを見廻した。

「そうですか。じゃあ、辺りを探します。新八……」

「はい……」

勇次と新八は、雑踏に駆け去った。

雲海坊は、申し訳なさそうに見送った。

佐吉をお縄にする訳にはいかない……。

雲海坊は、小さな安堵《あんど》を浮かべた。

長吉の兄貴……。

雲海坊は、佐吉が云《い》った言葉を思い出した。

長吉が派手な半纏を着た二人の男のどちらかは分からない。だが、長吉は佐吉にとって害のある者に間違いない。

おせいさんに泣きを見せない為には、一刻も早く切り離さなければならない……。

雲海坊は、厳しさを滲《にじ》ませた。

両国広小路の雑踏は西日に照らされた。

鳥越川《とりごえがわ》は、蔵前《くらまえ》通りの手前で新堀川《しんぼりがわ》と合流して大川に流れ込んでいる。

浅草猿屋町《あさくささるやちよう》は、蔵前通りにある浅草御蔵の手前を鳥越川沿いに進んだ処にある。鳥越川に架かる稲荷橋《いなりばし》と甚内橋《じんないばし》の間が猿屋町であり、街角の稲荷堂の傍に雲海坊の住む古いお稲荷長屋があった。

雲海坊は、蔵前通りから鳥越川沿いの道に曲がろうとした。

浪人の片平兵庫《かたひらひようご》が風呂敷包みを抱え、軽い足取りで浅草の方からやって来た。

雲海坊は立ち止まり、片平兵庫が来るのを饅頭笠《まんじゆうがさ》を上げて待った。

「おっ、雲海坊さんか……」

片平兵庫は、雲海坊に気が付いて笑みを浮かべた。

「やあ、片平さん、松葉屋《まつばや》の帰りですかい」

雲海坊は笑った。

「うん……」

片平兵庫は、嬉しそうに頷《うなず》いた。

「品物の出来、良かったようですね」

雲海坊は、片平兵庫の表情を読んだ。

「お陰さまでね」

武州浪人の片平兵庫は、雨城楊枝《うじようようじ》作りを生業《なりわい》にしており、浅草東仲町《ひがしなかまち》の楊枝問屋『松葉屋』に出来上がった雨城楊枝を納めた帰りだった。

〝雨城楊枝〟とは、上総久留里藩《かずさくるりはん》で藩士が内職で作っていた楊枝であり、爪楊枝の他に茶席の楊枝などを称した。その名の謂《いわ》れは、雨に霞《かす》む久留里城が〝雨城〟と呼ばれた処から付けられたものだ。

片平兵庫は、出来上がった雨城楊枝を楊枝問屋『松葉屋』に納め、手間賃と次の仕事を貰《もら》って来た帰りなのだ。

雲海坊と片平兵庫は、肩を並べて鳥越川沿いを猿屋町に向かった。

猿屋町の端にある稲荷堂の傍に、雲海坊と片平兵庫の住む古いお稲荷長屋はある。

雲海坊と片平兵庫は、木戸を潜《くぐ》ってお稲荷長屋に入った。

お稲荷長屋の井戸端では、住人のおかみさんたちが賑やかにお喋《しゃべ》りをしながら夕食の支度をしていた。

おかみさんたちの中には、中年のおせいもいた。

「あら、お帰りなさい……」

おせいとおかみさんたちは、口々に雲海坊と片平兵庫を迎えた。

「やあ。今、帰りましたよ」

片平兵庫と雲海坊は、穏やかに挨拶《あいさつ》をした。

「おせいさん、佐吉はいるかな」

雲海坊は尋ねた。

「いいえ。佐吉は親方の処から未だ帰りませんよ」

おせいは、米を研ぐ手を止めた。

「そうですかい……」

「雲海坊さん、佐吉が何か……」

おせいは、怪訝《けげん》な眼を向けた。

「いや。両国広小路で商売をしていて見掛けたような気がしてね。良く似た別人だったようだね」

雲海坊は笑った。

「そうですか……」

おせいは、微《かす》かな不安を過《よぎ》らせた。

おせいと佐吉母子は、雲海坊同様古くからお稲荷長屋に住んでいた。

おせいは、飾結び作りを生業にして暮らしを立て、一人息子の佐吉を育てて来た。そして、佐吉は二年前から神田《かんだ》玉池稲荷傍の錺職《かざりしょく》の親方の許《もと》に修業に通っていた。

「ああ。じゃあ……」

雲海坊は、お稲荷長屋の木戸の傍の自宅に向かった。

「ならば、私も……」

片平兵庫は、奥の自宅に進んだ。

おせいは、再び米を研ぎ始めた。

井戸端のおかみさんたちのお喋りは賑やかに続き、お稲荷長屋は夕陽に照らされ始めた。

雲海坊は、冷や飯と味噌汁の残りで雑炊を作って夕食を終え、酒を飲み始めた。

両国広小路で恐喝を働いた若い者たちの中に佐吉がいたのは間違いない。

母親のおせいは、一人息子の佐吉が錺職の親方の処から未だ帰っていないと云った。

だが、それは違うのかもしれない……。

佐吉が帰って来た様子は窺《うかが》えなかった。

雲海坊は、小さな吐息を洩らして酒を飲んだ。

夜廻りの木戸番《きどばん》の打つ拍子木の音は、夜空に甲高く響き渡った。


不忍池《しのばずのいけ》は朝日に煌めいていた。

南町奉行所定町廻り《じょうまちまわ》同心の神崎和馬《かんざきかずま》は、迎えの勇次と共に不忍池の畔《ほとり》にやって来た。

畔の繁みの陰に筵《むしろ》を掛けられた死体があり、岡っ引の柳橋の幸吉《こうきち》と町役人たちがいた。

「こりゃあ、和馬の旦那……」

幸吉と町役人たちが和馬を迎えた。

「やあ。朝早くから御苦労だね。柳橋の、仏を見せて貰おうか……」

和馬は告げた。

「はい。此方《こちら》です」

幸吉は、和馬を繁みの陰に誘《いざな》い、死体に掛けられた筵を捲《めく》った。

派手な半纏を着た若い男の死体が現れた。

「腹を突き刺されて殺されたようです」

幸吉は、死体の血に染まった腹を示した。

「うむ……」

和馬は、腹の傷口を検《あらた》めた。

幸吉と勇次は見守った。

「腹を深々と突き刺されているな」

和馬は眉をひそめた。

「手慣れた野郎の仕業《しわざ》ですね」

「ああ……」

「財布が残されているのをみると、辻強盗と云うより恨みですかね」

幸吉は読んだ。

「おそらくな。して、仏の身許《みもと》は分かっているのか……」

「はい。遊び人の長吉って者でしてね。強請集りに騙《かた》りに盗み。若いのに陸《ろく》でもない野郎ですよ」

幸吉は苦笑した。

「ならば、恨みつらみを買っているか……」

和馬は読んだ。

「ええ。今、新八と清吉《せいきち》が殺したい程、恨んでいる者を洗い出しています」

幸吉は告げた。

「よし。じゃあ、先《ま》ずは長吉が何をしていたか、その辺から探索を始めるか……」

和馬は命じた。

「はい……」

幸吉は頷いた。


南町奉行所は多くの人が出入りしていた。

用部屋の障子には、中庭の揺れる木々の梢《こずえ》が映えていた。

「遊び人の長吉か……」

南町奉行所吟味方与力《ぎんみかたよりき》秋山久蔵《あきやまきゅうぞう》は、和馬の報告を聞き終えた。

「はい。腹を一突き。玄人の仕業のようです」

和馬は睨んだ。

「うん。して、長吉、どんな奴なんだ」

「強請集りに騙りに盗み、質《たち》の悪い陸でなしですか……」

「ならば、恨みつらみか……」

「柳橋がその辺りを洗っています」

「そうか……」

「はい……」

「和馬、殺された長吉の仲間も調べてみるのだな……」

「仲間も……」

「ああ。どうせ、半端な小悪党同士の小競り合いだろうが、仲間割れもあるかもしれないからな……」

久蔵は苦笑した。

障子に映える枝葉の影が揺れた。


遊び人の長吉を恨んでいる者……。

由松《よしまつ》と新八は、長吉の仲間や親しかった者に聞き込みを掛け続けていた。

遊び人の長吉は、神田明神《みょうじん》や湯島天神《ゆしまてんじん》一帯を縄張りにしている明神一家の地廻りと親しい間柄だと知った。

由松と新八は、明神一家の地廻りを呼び出した。

「えっ。長吉が殺されたんですか……」

地廻りは驚いた。

「ああ。で、殺したい程、恨んでいた者はいなかったかな」

新八は尋ねた。

「恨んでいる奴ですか……」

地廻りは眉をひそめた。

「ああ。誰か知らないかな……」

「さあねえ。知らねえな……」

地廻りは惚けた。

次の瞬間、由松が地廻りの頰《ほお》を張り飛ばした。

地廻りは飛ばされ、尻餅《しりもち》をついた。

由松は、地廻りの襟元を鷲摑《わしづか》みにして引き摺《ず》り上げた。

「惚けるんじゃあねえ。知っている事を正直に云わねえと、手前《てめえ》を長吉殺しの下手人に仕立て上げて獄門台《ごくもんだい》に送ってやっても良いんだぜ……」

由松は脅した。

「そ、そんな……」

地廻りは狼狽《うろた》え、恐怖に震えた。

「そいつが嫌なら、勿体《もったい》付けねえで正直に話すんだな」

「へ、へい……」

地廻りは、嗄《しゃが》れ声を震わせて頷いた。

「よし。じゃあ、話しな……」

「へい。長吉の野郎、不忍池の畔にある長覚寺《ちょうかくじ》の住職が囲っている妾《めかけ》に高利貸しをさせているのを突き止めましてね。脅しを掛けていたらしいですぜ」

「生臭《なまぐさ》坊主に強請を掛けていたのか……」

由松は苦笑した。

「へい。で、妾が怒り、只《ただ》じゃあおかねえって恨んでいるって話です」

「妾が……」

「ええ。岡場所の女郎あがりで気の強い女だそうですぜ」

地廻りは苦笑した。

「妾、人殺しを雇ったのかも……」

新八は読んだ。

「ああ。不忍池の畔にある長覚寺だな……」

由松は、地廻りに念を押した。

勇次と清吉は、遊び人の長吉が仲間と屯《たむろ》していた店を探した。

長吉は、湯島天神男坂下の一膳飯屋に出入りをしていた。

「邪魔するぜ」

勇次と清吉は、一膳飯屋を訪れた。

「いらっしゃい……」

老亭主が、客のいない薄暗い店内で迎えた。

「ちょいと、訊《き》きたい事があってね」

勇次は、懐の十手をちらりと見せた。

「なんだい……」

老亭主は苦笑した。

「遊び人の長吉が屯していたそうだね」

勇次は尋ねた。

「ああ。遊び人の長吉なら馴染《なじみ》だが、長吉の奴、何かしたのかい……」

「昨夜、殺されてね」

「殺された……」

老亭主は驚いた。

「そうか、長吉、殺されたかい……」

「ああ……」

老亭主は、吐息混じりに頷いた。

「で、長吉、どんな奴らと此処《ここ》に屯していたのか教えてくれないかな」

「遊び人の喜助《きすけ》、博奕打《ばくち》ちの猪吉《いのきち》、浪人の坂上純之助《さかがみじゅんのすけ》って処かな」

老亭主は、思い出すように告げた。

「遊び人の喜助、博奕打ちの猪吉、浪人の坂上純之助……」

勇次と清吉は知った。

「ああ。それから、近頃は職人の形《なり》をした小僧を連れて来る事もあるよ」

「職人の形の小僧……」

勇次は、微かな戸惑いを浮かべた。

「ああ。で、長吉を殺した奴、何処の誰か分かっているのか……」

「そいつは未だだが、恨まれて殺されたようでね。心当たりはないかな」

「さあて、そいつは屯していた喜助や猪吉に訊いた方が良いな」

老亭主は苦笑した。

「その喜助に猪吉、何処にいるのかな……」

「さあて、塒《ねぐら》は知らねえが、長吉が殺されたと聞けば、今夜来るかもしれねえな」

老亭主は告げた。

「そいつは良い……」

勇次は笑った。

勇次と清吉は、一膳飯屋を出た。

「勇次の兄貴、あの親父、信用出来ますかね」

清吉は、一膳飯屋を振り返った。

「ま、大丈夫だろうが、一応見張ってみるか……」

「はい……」

清吉は頷いた。

「よし。じゃあ、俺は此の事を親分に報《しら》せて来るぜ」

「承知……」

勇次は、清吉を見張りに残し、柳橋の船宿『笹舟』に走った。

柳橋の船宿『笹舟』は、大川からの微風に暖簾《のれん》を揺らしていた。

雲海坊は、店土間に入って饅頭笠を取った。

「あら、雲海坊さん……」

女将《おかみ》のお糸《いと》は、忙しそうに船着場から帳場に戻って来た。

「やあ、お糸坊。いや、女将さん……」

雲海坊は、慌てて言い直した。

「雲海坊さん、私ももう子持ちの年増。お糸坊は勘弁して下さいな」

お糸は苦笑した。

雲海坊は、お糸が子供の頃からの知り合いだった。お糸は、浪人だった父親を亡くした後、雲海坊の口利きで船宿『笹舟』に奉公し、主の弥平次《やへいじ》おまき夫婦に気に入られ養女になり、幸吉と一緒になった。

「うん。で、親分は……」

「和馬の旦那と……」

お糸は奥を示した。

「事件かな……」

「ええ。何でも長吉って遊び人が殺されたそうですよ」

「遊び人の長吉……」

雲海坊は眉をひそめた。

二

「長吉の仲間ですか……」

幸吉は眉をひそめた。

「うん。半端な小悪党に仲間割れは付きものだと、秋山さまがな……」

和馬は告げた。

「仲間割れですか……」

「ああ……」

「親分……」

襖《ふすま》の外から雲海坊の声がした。

「おう。入りな……」

「お邪魔します」

雲海坊が、襖を開けて入って来た。

「こりゃあ、和馬の旦那……」

「おう……」

「どうした……」

「長吉って遊び人が殺されたとか……」

雲海坊は訊いた。

「雲海坊、長吉を知っているのか……」

「いえ、ひょっとしたらと思いまして。どんな奴ですか……」

雲海坊は、長吉の人相風体を尋ねた。

「うん。派手な半纏を着ていて……」

幸吉は、長吉の人相風体を教えた。

雲海坊は、殺された長吉が佐吉と一緒にいた派手な半纏を着た男の一人だと知った。

「やっぱり、彼奴《あいつ》か……」

「知っている奴か……」

和馬は眉をひそめた。

「ええ。どうやら、両国広小路でお店の若旦那風の男とお嬢さんを恐喝していた奴らの一人のようです」

雲海坊は告げた。

「恐喝か……」

和馬は眉をひそめた。

「ええ。そうですか、遊び人の長吉、殺されましたか……」

「ああ……」

「で、殺《や》った奴は……」

「そいつは未だだ。由松と勇次たちが割り出しを急いでいる」

幸吉は告げた。

「じゃあ、あっしも……」

雲海坊は、腰を上げようとした。

「親分、勇次です」

襖の外に勇次が来た。

「おう。入りな」

勇次が、襖を開けて入って来た。

雲海坊は座り直した。

「こりゃあ、和馬の旦那、雲海坊さん……」

勇次は、和馬と雲海坊に会釈をした。

「何か分かったか……」

幸吉は尋ねた。

「はい。長吉が仲間と屯していた一膳飯屋が分かりました」

「何処だ……」

「湯島天神男坂の下の一膳飯屋です」

「そうか。で、長吉、どんな奴らと屯していたんだ」

「遊び人の喜助、博奕打ちの猪吉、坂上純之助って浪人。それに、近頃は職人の形をした小僧……」

勇次は告げた。

佐吉だ……。

雲海坊は、職人の形をした小僧が佐吉だと睨んだ。

「して勇次、そいつらの塒は何処か、分かっているのか……」

和馬は訊いた。

「そいつは分かりません。ですが、一膳飯屋の父っつあんの話じゃあ、長吉が殺されたと知れば、今夜辺り集まるだろうと。で、清吉が見張りに就いています」

勇次は、厳しい面持ちで報せた。

「よし。じゃあ、今夜、その一膳飯屋に行ってみるか……」

和馬は、幸吉を見た。

「はい……」

幸吉は頷いた。

今夜、その一膳飯屋に佐吉も来るのか……。

雲海坊は、微かな焦りを覚えた。

もし、佐吉が来たなら和馬や幸吉はそれなりの扱いをするのは間違いない。そして、それは母親のおせいに激しい衝撃を与えるのだ。

雲海坊は心配した。

そうさせちゃあならない……。

雲海坊は、母親のおせいを泣かせたくなかった。

「親分、あっしはちょいと野暮用があるので、後で一膳飯屋に行きます。じゃあ、御免なすって……」

雲海坊は、そそくさと出て行った。

「う、うん……」

幸吉は、出て行く雲海坊を怪訝に見送った。

「どうしたんだ、雲海坊……」

和馬は、戸惑いを浮かべた。

「さあて……」

幸吉は首を捻《ひね》った。


不忍池の西の畔には、何軒かの寺が山門を連ねている。

長覚寺は、その連なりの一軒だった。

由松は、長覚寺を見張っていた。

長覚寺の境内《けいだい》は、それなりに手入れがされており、静けさに満ちていた。

「由松さん……」

新八が、由松に駆け寄って来た。

「分かったか……」

「ええ。長覚寺の住職は浄久《じょうきゅう》って肥った坊主。寺男は相撲取りあがりの茂造《しげぞう》って中年男だそうですよ」

新八は、聞き込んで来た事を報せた。

「肥った浄久と相撲取りあがりの茂造か……」

「ええ。で、池之端《いけのはた》に囲っている妾のおきちに高利貸しをさせているとか……」

「池之端の妾のおきちか……」

「ええ。噂通りの気の強い大年増で、借金の取り立て、そりゃあ情け容赦もないそうですぜ」

新八は眉をひそめた。

「で、長吉が脅しを掛けたか……」

「派手な半纏を着た若い男が、長覚寺に出入りしていたのを見た者がいます」

新八は告げた。

「そうか……」

「どうします、住職の浄久に逢ってみますか……」

「ああ。一応、面《つら》は拝んでおくさ」

由松は、冷ややかな笑みを浮かべた。

「はい……」

新八は、喉を鳴らして頷いた。

「どうぞ……」

寺男の茂造は、庫裏《くり》を訪れた由松と新八に薄茶を差し出した。

「こいつは済まねえな……」

由松は框《かまち》に腰掛け、茂造に笑顔を見せて茶を啜《すす》った。

「いいえ……」

茂造は、相撲取りあがりの大きな身体を縮めて笑った。

「やあ、お待たせしたな。住職の浄久だ」

禿《は》げ頭の肥った坊主は、奥から庫裏に入って来た。

「御造作をお掛けします。あっし共は、お上の御用を承っている柳橋の幸吉の身内の者でして……」

由松は告げた。

「それはそれは……」

浄久は、肉に埋もれた首で頷いた。

「それで、ちょいとお尋ねしたい事がありましてね」

「さあて、何ですかな……」

浄久は、分かり易い作り笑いを浮かべた。

「遊び人の長吉。知っていますね」

由松は苦笑し、浄久を見詰めた。

「遊び人の長吉……」

浄久は眉をひそめた。

茂造は、微かな緊張を過らせた。

「ええ……」

由松は頷いた。

「さあて、知らないが、その長吉さんがどうかしたのかな……」

浄久は、訊き返して来た。

「今朝、此の近くで殺されているのが見付かりましてね」

由松は、浄久を見据えて告げた。

「こ、殺された……」

浄久は驚いた。

「和尚さま……」

寺男の茂造は、大きな身体を震わせた。

新八は見守った。

「で、長吉を調べたら、強請に集り、いろいろやっていましてね。その中に妾を囲って高利貸しをしている寺の住職に強請を掛けているってのがありましてね」

由松は、浄久を厳しく見据えた。

「そ、そんな……」

浄久は狼狽えた。

「で、長吉が此の長覚寺に出入りしていたと云う者がいましてね。何か心当たりはありませんか……」

新八は訊いた。

「あ、ありません。長吉なんて知りません」

浄久は、嗄れ声を震わせた。

「じゃあ、長吉が此の寺に出入りしていたってのは……」

新八は畳み掛けた。

「誰かの墓参りにでも来たのかもしれません」

茂造は、横から言い繕《つくろ》った。

「墓参り……」

新八は、思わず訊き返した。

「成る程、墓参りですかい……」

由松は苦笑した。


「茂造の野郎……」

新八は、腹立たし気に吐き棄てた。

「長吉に脅されていたのは、間違いないな」

由松は、出て来た長覚寺を振り返った。

「ええ。ですが、長吉が殺されたと聞いた時の驚きは、嘘とも思えませんが
……」

新八は読んだ。

「驚きは、長吉殺しで俺たちが訪れたからかもしれねえ」

由松は睨んだ。

「そうか。そうかもしれませんね」

新八は頷いた。

「新八……」

由松は、新八を促《うなが》して物陰に隠れた。

住職の浄久と寺男の茂造が、長覚寺の山門から現れて不忍池の畔に進んで行った。

「追ってみます」

新八は告げた。

「俺も行くぜ」

由松と新八は、不忍池の畔を行く浄久と茂造を追った。

不忍池の水面《みなも》は煌めいた。

浄久と茂造は、煌めく不忍池の畔を池之端に進んだ。

由松と新八は尾行た。

「此のまま行けば池之端です。妾のおきちの家に行くんですかね」

新八は読んだ。

「きっとな……」

由松は、肥った浄久と大きな身体の茂造の後ろ姿を見詰めて頷いた。

浄久と茂造は、池之端の板塀を廻した仕舞屋《しもたや》に入った。

由松と新八は見届けた。

「妾のおきちの家だと思いますが、ちょいと聞き込んで来ます」

「頼む……」

由松は、聞き込みに行く新八を見送り、見張りに就いた。

猿屋町のお稲荷長屋は、夕食の支度前の静けさに満ちていた。

雲海坊は、おせいと佐吉母子の家を窺った。

おせいと佐吉母子の家は、いつも通り静かであり変わった様子はなかった。

おそらく、おせいは飾結び作りに励んでいるのだ。

佐吉はいるのか……。

出掛けているのか……。

雲海坊は、何とか見定めようとした。だが、おせいに尋ねれば不審を買い、佐吉に対する疑念を抱かせるだけだ。

どうする……。

雲海坊は、微かな苛立《いらだ》ちを覚えた。

「おう。雲海坊さん……」

浪人の片平兵庫が、奥の家から出て来た。

「片平さん……」

雲海坊は、片平に駆け寄った。

「どうした……」

片平は、雲海坊に怪訝な眼を向けた。

「うん。ちょいと頼みがあるんだが……」

「おお、私で役に立つ事なら……」

「実は佐吉の事でね……」

「佐吉……」

片平は眉をひそめた。

「ああ……」

雲海坊は、長吉と云う遊び人が殺され、佐吉がその仲間として調べられるかもしれないと話した。

片平は、雲海坊の素性を知っており、その言葉を信じた。

「で、私に頼みとは……」

「そいつなんだが、佐吉が殺された長吉の仲間と連《つる》まないように見張って貰いたいんだ」

雲海坊は頼んだ。

「そいつは良いが、佐吉は家にいるのか……」

片平は、おせいと佐吉母子の家を見た。

「そいつが、おせいさんに訊けば、佐吉の事を話さなきゃあならないし、分からないんだ」

雲海坊は焦った。

「よし。分かった。佐吉の事は引き受けた」

片平は頷いた。

「良かった。じゃあ、あっしは仲間の処に行きます」

雲海坊は、安堵を浮かべた。

「ああ。気を付けてな……」

雲海坊は、お稲荷長屋から駆け去った。

片平は見送り、おせいと佐吉母子の家に厳しい眼を向けた。

池之端の板塀を廻した仕舞屋は、夕陽に照らされた。

新八は、物陰で見張っている由松の許に戻った。

「やっぱり、妾のおきちの家でした」

新八は、自身番で確かめて来た事を報せた。

「そうか……」

「で、おきちの他に飯炊き婆さんが住んでいて、着流しの浪人なんかも時々、出入りをしているそうです」

新八は告げた。

「着流しの浪人か……」

「ええ……」

仕舞屋の板塀の木戸門が開いた。

由松と新八は、身を潜《ひそ》めた。

寺男の茂造が開いた木戸門から現れ、不忍池の畔を明神下の通りに急いだ。

「あっしが追います」

新八は、物陰を出て茂造を追った。

由松は見送り、浄久とおきち、飯炊き婆さんの三人がいる筈《はず》の仕舞屋を眺めた。

不忍池は夕陽に染まった。


湯島天神男坂は、参拝帰りの客で賑わった。

清吉は、男坂の下の一膳飯屋を見張っていた。

一膳飯屋には客が出入りしていた。

「どうだ、清吉……」

勇次が戻って来た。

「いろいろな客が出入りしています」

清吉は報せた。

「遊び人の喜助や博奕打ちの猪吉らしい奴は来たのか……」

「あっしの見る限り、それらしい奴らは未だ見掛けません」

清吉は告げた。

「そうか……」

「はい……」

「親分と和馬の旦那も来る手筈だ」

勇次は告げた。

「どうだ、勇次、清吉……」

雲海坊が足早にやって来た。

「雲海坊さん……」

勇次は迎えた。

「殺された長吉と連んでいた奴らは来ているのか……」

雲海坊は訊いた。

「いえ。未だだと思います」

清吉は告げた。

「そうか……」

職人の形をした小僧、佐吉は未だ一膳飯屋に来てはいない。

雲海坊は、密かに安堵した。

「じゃあ雲海坊さん、あっしは清吉と一膳飯屋の様子を窺い、父っつあんにそれとなく探りを入れて来ます」

勇次は告げた。

「分かった。表は引き受けた。ついでに晩飯を食って来るが良い」

雲海坊は勧めた。

もし、佐吉が来た時、勇次と清吉はいない方が良い……。

雲海坊は笑った。

「そいつはありがたい。もう、腹が減って腹が減って……」

清吉は、腹を押さえて一膳飯屋に向かった。

「じゃあ、雲海坊さん……」

勇次は、苦笑して続いた。

「ああ……」

雲海坊は、辺りを見廻して物陰に潜んだ。


一膳飯屋に客は少なかった。

二人連れの職人、行商の薬売り……。

「長吉の仲間らしい奴、やっぱりいませんね」

清吉は、戸口の傍に座って三人の客を見廻した。

「ああ……」

勇次は頷いた。

「長吉の仲間は未だだぜ」

老亭主は、勇次と清吉に薄茶を出しながら奥の衝立《ついたて》の陰を一瞥《いちべつ》した。

どうやら、長吉の仲間たちはいつも奥の衝立の陰に屯しているようだ。

「うん。父っつあん、浅蜊《あさり》のぶっ掛け飯、二つ頼むよ」

「ああ。直ぐに作るよ」

老亭主は頷き、板場に戻った。

「勇次の兄貴……」

「ああ。飯を食いながら見張るさ……」

勇次は苦笑した。


雲海坊は見張った。

派手な半纏を着た若い男が、男坂から下りて来た。

雲海坊は、物陰から見守った。

派手な半纏を着た男は、辺りを油断なく窺って一膳飯屋に向かって行った。

長吉と恐喝をしていたもう一人の派手な半纏を着た野郎……。

雲海坊は見定めた。

遊び人の喜助か博奕打ちの猪吉……。

派手な半纏を着た若い男は、一膳飯屋に入って行った。

佐吉も来るのか……。

雲海坊は、緊張を滲ませて夜の闇を見詰めた。

三

「父っつあん、酒を頼むぜ……」

派手な半纏を着た若い男は、板場の老亭主に酒を頼んで奥の衝立の陰に座った。

「勇次の兄貴……」

清吉は緊張した。

「ああ。遊び人の喜助か博奕打ちの猪吉だ」

勇次は囁《ささや》いた。

「お待ちどお。浅蜊のぶっ掛け飯だ」

老亭主が浅蜊のぶっ掛け飯を二つ、勇次と清吉に持って来た。

「野郎が遊び人の喜助だ……」

老亭主は囁いた。

「喜助か……」

勇次は頷いた。

「ああ……」

老亭主は頷き、板場に戻って行った。

「じゃあ、兄貴……」

清吉は、立ち上がろうとした。

「清吉、博奕打ちの猪吉と浪人の坂上純之助が来てからだ。先ずは腹拵《はらごしら》えだ」

勇次は、浅蜊のぶっ掛け飯を食べ始めた。


雲海坊は見張った。

若い浪人が現れ、雲海坊の前を通って一膳飯屋に進んだ。

長吉の仲間の浪人坂上純之助か……。

雲海坊は見守った。

若い浪人は、衝立の陰で酒を飲んでいる喜助の前に座った。

喜助は、猪口《ちょこ》を渡して酒を勧めた。

若い浪人は酒を飲み、厳しい面持ちで喜助と何事かを話し始めた。

「勇次の兄貴。野郎、坂上純之助です」

清吉は、喜助と話している若い浪人を見据えた。

「ああ。後は博奕打ちの猪吉だ」

勇次は頷き、告げた。

「はい……」

清吉は、喉を鳴らして頷いた。

「よし。後は俺が見張る。清吉は喜助と坂上の事を雲海坊さんに報せろ」

「合点です」

清吉は頷き、浅蜊のぶっ掛け飯の残りを掻《か》き込んだ。

一膳飯屋から清吉が現れ、雲海坊の許に駆け寄った。

「清吉……」

雲海坊は迎えた。

「雲海坊さん、派手な半纏を着た野郎が遊び人の喜助、後から来た若い浪人が坂上純之助です」

清吉は報せた。

「博奕打ちの猪吉は……」

雲海坊は訊いた。

「猪吉は未だです」

「職人姿の小僧は……」

雲海坊は、重ねて訊いた。

「そいつも未だです」

「そうか……」

佐吉は来ていない……。

雲海坊は、微かな安堵を過らせた。

「雲海坊、清吉……」

幸吉と和馬がやって来た。

「親分、和馬の旦那……」

清吉と雲海坊は迎えた。

「どうだ。長吉と連んでいた奴ら、集まっているか……」

幸吉は、一膳飯屋を見ながら訊いた。

「今の処、遊び人の喜助と浪人の坂上純之助が来ています」

雲海坊は告げた。

「博奕打ちの猪吉は未だか……」

和馬は尋ねた。

「ええ……」

雲海坊は頷いた。

「どうします。喜助と坂上純之助を取り敢えず押さえるか、猪吉が現れるのを待つか……」

幸吉は、和馬の出方を窺った。

「そうだなあ……」

和馬は眉をひそめた。

一膳飯屋から勇次が出て来た。

「おう。どうした……」

幸吉が迎えた。

「あっ、親分。喜助と坂上が出て来ます」

勇次は告げた。

「和馬の旦那……」

「よし。喜助と坂上が何処に行くか追ってみよう」

和馬は決めた。

「はい。よし、じゃあ、雲海坊、お前は此のまま一膳飯屋を見張り、博奕打ちの猪吉が来るのを待ってくれ」

幸吉は命じた。

「承知……」

雲海坊は頷いた。

遊び人の喜助と浪人の坂上純之助が、一膳飯屋から出て来た。

和馬、幸吉、雲海坊、勇次、清吉は見守った。

喜助と坂上は、不忍池に向かった。

「よし。勇次、清吉、先に行きな。和馬の旦那と俺は後を行く」

「承知、じゃあ……」

勇次は、清吉を促して喜助と坂上を追った。

「じゃあな、雲海坊……」

幸吉と和馬は、勇次と清吉に続いた。

「気を付けて……」

雲海坊は見送った。

皆のいる時に佐吉は来なかった……。

雲海坊は、安堵の吐息を洩らした。

神田明神門前町の盛り場は賑わっていた。

長覚寺の寺男の茂造は、場末の飲み屋を訪れ、屯していた浪人たちと何事か言葉を交わして酒を飲み始めた。

新八は見定め、斜向《はすむ》かいの路地に潜んで茂造の動きを見張った。

僅《わず》かな刻《とき》が過ぎた。

茂造は、二人の浪人と飲み屋から出て来て、来た道を戻り始めた。

二人の浪人を用心棒として雇ったのか……。

新八は読み、尾行た。

外濠鎌倉河岸《かまくらがし》には小波《さざなみ》が打ち寄せ、小さな音を鳴らしていた。

遊び人の喜助と浪人の坂上純之助は、明神下の通りから神田川に架かっている昌平橋《しょうへいばし》を渡り、神田八つ小路、神田連雀町《れんじゃくちょう》を抜けて外濠鎌倉河岸にやって来た。

勇次と清吉は、交代しながら巧みに尾行して来た。

喜助と坂上は、鎌倉河岸傍の三河町の裏長屋の木戸を潜った。

勇次と清吉は木戸に走った。

喜助と坂上は、裏長屋の奥の暗い家に入って行った。

勇次と清吉は見届けた。

「勇次、清吉……」

幸吉と和馬が駆け寄って来た。

「奥の家に入りました」

勇次は、奥の家を見詰めて告げた。

奥の暗い家に明かりが灯《とも》された。

次の瞬間、奥の家から喜助と坂上が血相を変えて飛び出して来た。

「旦那……」

幸吉は緊張した。

「押さえろ」

和馬は命じた。

幸吉、勇次、清吉は、木戸に走ってくる喜助と坂上の行く手を遮《さえぎ》った。

喜助と坂上は驚いた。

「お上の御用だ。訊きたい事がある。神妙にしな」

幸吉は、十手を見せて一喝した。

「猪吉が、猪吉が……」

喜助が激しく震え、出て来た奥の家を振り返った。

「柳橋の……」

和馬は、奥の家に走った。

幸吉が続いた。

勇次と清吉は、喜助と坂上を押さえた。

和馬と幸吉は、奥の家に踏み込んだ。

行燈《あんどん》の灯された狭い家の中には、町方の若い男が腹から血を流して倒れていた。

和馬は、倒れている若い男の脈を診《み》た。

若い男は、既に冷たく脈はなかった。

「旦那……」

幸吉は眉をひそめた。

「死んでいる……」

和馬は見定めた。

「勇次、清吉……」

幸吉は、勇次と清吉を呼んだ。

勇次と清吉は、喜助と坂上を引き立てて入って来た。

「仏は誰だ……」

幸吉は、喜助と坂上を厳しく見据えた。

「博奕打ちの猪吉、猪吉です」

喜助は、恐ろし気に声を震わせた。

「長吉に続いて猪吉か……」

和馬は眉をひそめた。

「ええ……」

幸吉は頷いた。

「浪人の坂上純之助と遊び人の喜助だな」

和馬は、厳しい眼を向けた。

「は、はい……」

喜助は頷いた。

「俺たちじゃあない。猪吉は殺ったのは、俺たちじゃない……」

坂上は、恐怖に嗄れ声を震わせた。

「そいつは分かっている。して、誰が殺ったのだ」

和馬は訊いた。

「し、知らぬ」

坂上は、必死の面持ちで告げた。

「心当たりは……」

和馬は畳み掛けた。

「長覚寺の生臭坊主かもしれねえ」

坂上は告げた。

「長覚寺の生臭坊主だと……」

「ああ……」

「遊び人の長吉を殺ったのも、長覚寺の生臭坊主なのか……」

「きっと。誰かを雇って殺させたのだ……」

坂上は頷いた。

「生臭坊主が何故、長吉と猪吉を殺ったのだ」

「強請ったからだ……」

「強請った……」

「ああ。長吉と猪吉、長覚寺の生臭坊主に強請を掛けたからだ……」

坂上は告げた。

「坂上、その強請にお前たちは拘《かか》わりないのか……」

和馬は、厳しく見据えた。

「そ、それは……」

坂上と喜助は、言葉を濁した。

「よし。詳しい事は大番屋《おおばんや》で聞かせて貰おうか……」

和馬は笑った。

一膳飯屋は客足も途絶え、暖簾は夜風に揺れていた。

雲海坊は、見張り続けた。
着流しの浪人が、明神下の通りからやって来た。
一膳飯屋の客か……。
雲海坊は物陰に隠れた。
着流しの浪人は、落ち着いた足取りで一膳飯屋に入って行った。
あっ……。
雲海坊は、着流しの浪人の顔を見て息を飲んだ。
片平兵庫……。
雲海坊は、着流しの浪人が片平兵庫だと知り、呆然とした。
片平さんが何しに来たのだ……。
雲海坊は困惑した。
僅かな刻が過ぎた。
片平が、老亭主に見送られて一膳飯屋から出て来た。
「邪魔をしたな……」
「いいえ……」
片平は、老亭主に礼を云って来た道を戻って行った。

老亭主は見送り、暖簾を片付け始めた。

雲海坊は、物陰を出て老亭主に駆け寄った。

「ちょいと尋ねるが……」

「これはお坊さま……」

老亭主は、戸惑いを浮かべた。

「今出て行った御浪人、何しに来たのかな」

雲海坊は尋ねた。

「はあ。遊び人の喜助と浪人の坂上純之助はいるかと……」

「ほう。で、何と……」

「もう帰りましたと……」

「そうか……」

片平兵庫は、遊び人の喜助と浪人の坂上純之助を捜していた。

雲海坊は知った。

片平には、佐吉の事を頼んだ筈だ。

それなのに何故……。

雲海坊は困惑した。

大番屋の詮議場は暗く冷たかった。

和馬と幸吉は、遊び人の喜助と浪人の坂上純之助に厳しく問い質《ただ》した。

喜助と坂上は吐いた。

不忍池の畔にある長覚寺の住職浄久は、妾を囲い、高利貸しで悪辣《あくらつ》に金を稼いでいる。

遊び人の長吉と博奕打ちの猪吉は、その事をお上に報せられたくなければ、五百両の金を出せと浄久に強請を掛けた。

「ならば、長吉と猪吉を刺し殺した奴は、長覚寺の住職浄久に雇われた人殺しか……」

和馬は苦笑した。

「きっと……」

坂上は頷いた。

幸吉は、勇次と清吉を不忍池の畔にある長覚寺に走らせた。

「坂上、長覚寺の住職浄久に強請を掛けたのは、長吉と猪吉の二人だけじゃあないだろう」

和馬は笑い掛けた。

「えっ……」

坂上は動揺した。

「お前と喜助も強請の一味だな」

和馬は、坂上を厳しく見据えた。

「そ、それは……」

坂上は狼狽えた。

「で、猪吉の次に命を狙われるのは、お前か喜助か……」

和馬は読んだ。

「旦那……」

坂上は項垂《うなだ》れた。

遊び人の喜助と浪人の坂上純之助は、何もかも吐いた。

和馬と幸吉は、坂上純之助と喜助を大番屋の牢に入れた。

猿屋町お稲荷長屋の家々には小さな明かりが灯され、親子の楽し気な笑い声が洩れていた。

雲海坊は、おせい佐吉母子の家を窺った。

おせい佐吉母子の家には、明かりが灯されて静かだった。

雲海坊は、片平兵庫の家を見た。

片平兵庫の家にも明かりが灯されていた。

男坂の下の一膳飯屋から真っ直ぐ帰って来たようだ。

片平は、どうして坂上純之助と喜助を捜していたのだ。

雲海坊は気になった。

それより、佐吉はどうなっているのだ……。

雲海坊は、片平の家に向かった。そして、腰高障子を小さく叩いた。

「何方《どなた》だ……」

片平の声がした。

「雲海坊です」

「おお。入られよ」

「お邪魔しますぜ」

雲海坊は、腰高障子を開けて片平の家に入った。

行燈の灯は明るかった。

「片平さん、佐吉はどうしました……」

雲海坊は尋ねた。

「うん。佐吉は夕暮れ時に帰って来ましてね。それからずっと家にいますよ」

片平は笑った。

「そうですか……」

雲海坊は安堵した。

「して、遊び人の長吉殺し、どうなりました」

片平は訊いた。

「そいつなんですが、長吉の仲間の遊び人と浪人を見付けましてね。同心の旦那やうちの親分たちが見張りの内に置いて、きっと今頃、遊び人の長吉を殺した奴に心当たりがないか、訊いていますよ」

雲海坊は告げた。

「そうですか……」

片平は頷いた。

「で、片平さん、佐吉はどんな様子でした」

雲海坊は訊いた。

「そうだな。相変わらず明るい子だが、時々、黙り込む事があったかな……」

片平は眉をひそめた。

「そうですか……」

佐吉は、遊び人の長吉が殺されたのを知った。そして、どうして殺されたのか気が付き、怯《おび》えているのかもしれない。

雲海坊は読んだ。

行燈の灯が不安気に瞬《またた》いた。


不忍池に月影が映えた。

長覚寺は暗く、何処にも明かりは灯されていなかった。

勇次と清吉は、長覚寺の庫裏や方丈《ほうじょう》を窺った。

暗い庫裏や方丈に人の気配はなかった。

「住職の浄久と寺男の茂造、出掛けているようですね」

清吉は睨んだ。

「ああ。何処に行っているのか……」

勇次は、暗い長覚寺を眺めた。

長覚寺は夜の闇に沈んでいた。

池之端のおきちの家は、明かりが灯されていた。

茂造は、二人の浪人を連れておきちの家に戻って来ていた。

「茂造、どうやら二人の浪人を用心棒に雇って来たようだな」

由松は苦笑した。

「ええ。でも、どうしてですかね」

新八は首を捻った。

「強請を掛けて来た長吉が殺され、仲間の仕返しを恐れての事だろう」

由松は読んだ。

「じゃあ、やはり長吉殺しは浄久の仕業なんですか……」

「そいつは未だ何とも云えないがな」

「そうですか……」

「ま、今夜はもう動かないだろう。よし、新八、俺は親分に報せて来る。此処を見張っていてくれ」

「合点です」

新八は頷いた。

由松は、柳橋の船宿『笹舟』に走った。

四

強請を掛けられた長覚寺住職の浄久と寺男の茂造は姿を隠した。

勇次は、清吉を長覚寺の見張りに残し、船宿『笹舟』の幸吉に報せに戻った。

「そうか。浄久、寺男の茂造と姿を隠しやがったか……」

「ええ。親分、長覚寺の浄久、やっぱり長吉や博奕打ちの猪吉殺しに拘っているようですね」

勇次は読んだ。

「ああ。強請《ゆす》られたのを怒り、始末屋にでも頼んだのかもしれないな」

幸吉は眉をひそめた。

「親分……」

由松が、襖の外から声を掛けて来た。

「おう。由松か。入りな」

「御免なすって……」

由松が入って来た。

「御苦労さまです……」

勇次が脇に退けた。

「で、由松。長吉と揉《も》めていた奴、誰か浮かんだか……」

幸吉は尋ねた。

「はい。妾に高利貸しをさせて悪辣に金を儲けている生臭坊主がいましてね。どうやら長吉、その坊主を強請っていたようですぜ」

由松は報せた。

「親分……」

勇次は緊張した。

「ああ。由松、その生臭坊主、長覚寺の浄久じゃあないのか……」

幸吉は訊いた。

「ええ。親分の方でも割れましたかい……」

「うむ。長吉の仲間の喜助って遊び人と坂上純之助って浪人が吐いた」

「そうでしたか……」

由松は笑った。

「で、由松さん、生臭坊主の浄久と寺男、長覚寺にいないんですが……」

勇次は眉をひそめた。

「何処にいるか分かっているのか……」

「ええ。浄久、寺男の茂造を連れて、池之端に囲っているおきちって妾の家に行っていましてね」

由松は報せた。

「池之端の妾の家か……」

「はい。で、浄久の野郎、用心棒の浪人を二人、雇いましたぜ」

由松は眉をひそめた。

「用心棒……」

「ええ。で、新八が妾のおきちの家を見張っています」

「親分……」

勇次は、身を乗り出した。

「うむ。勇次、此の事を和馬の旦那に報せろ」

幸吉は命じた。

「承知……」

勇次は頷いた。

「俺と由松は、清吉を連れて新八と一緒に妾のおきちの家を見張る」

幸吉は素早く手配りをした。


夜明け前。

板塀を廻したおきちの家は、寝静まっていた。

幸吉、由松、新八、清吉は、おきちの家を見張った。

勇次が和馬を誘って来た。

「和馬の旦那、御苦労さまです」

幸吉と由松は、和馬を迎えた。

「此処か、長覚寺住職の浄久のいる妾のおきちの家ってのは……」

和馬は、板塀の廻された仕舞屋を眺めた。

「はい。浄久と妾のおきち、寺男の茂造、飯炊き婆さん。それに用心棒の浪人が二人……」

幸吉は、家の中に誰がいるか報せた。

「用心棒が二人……」

和馬は眉をひそめた。

「ええ……」

幸吉は頷いた。

「そうか。して由松、浄久と寺男の茂造、今日、博奕打ちの猪吉の三河町の家には行っていないのだな」

和馬は訊いた。

「はい。猪吉が殺された頃には、あっしと新八が見張っていました。そいつは間違いありません」

由松は告げた。

「柳橋の……」

「和馬の旦那、浄久が秘かに人殺しを雇ったのかもしれませんよ」

幸吉は読んだ。

「うむ。とにかく身柄を押さえるか……」

和馬は、おきちの家を見詰めた。

「出来るものなら……」

幸吉は頷いた。

「なあに、浄久は妾を囲い、高利の金を貸して悪辣な金儲けをしている坊主の皮を被った悪党だ。支配の寺社方には秋山さまが今日にも話を通す手筈だ」

「そうですか……」

幸吉は、安堵を滲ませた。

「ああ。叩けば埃《ほこり》が舞い上がる坊主だ。厳しく締め上げて何もかも吐かせてやる」

和馬は、冷ややかに笑った。

「じゃあ……」

「ああ。目を覚ます前に踏み込み、浄久と妾のおきち、寺男の茂造をお縄にするぜ」

「はい。じゃあ、勇次、裏に新八と清吉がいる。俺たちが踏み込んだら裏から入り、浄久と妾のおきちを押さえろ」

「承知……」

勇次は頷き、素早く裏に廻って行った。

「よし……」

和馬は着物の裾を端折《はしょ》り、幸吉は十手を抜き、由松は左手に角手《かくて》を嵌《は》めて鼻捻《はなねじ》を握り締めた。

「行くよ」

和馬は告げた。

由松は、板塀の木戸門を開けた。

和馬と幸吉は駆け込んだ。

おきちの家の格子戸は、激しい音を立てて蹴破られた。

和馬、幸吉、由松は踏み込んだ。

格子戸脇の部屋から二人の用心棒が現れた。

「南町奉行所だ。神妙にしろ」

和馬は怒鳴った。

二人の用心棒は、怯《ひる》みながらも猛然と和馬に斬り掛かった。

狭い家の中で長い刀を使うのは難しい。

和馬と幸吉は、二人の用心棒の刀を搔い潜り、十手を振るった。

二人の用心棒は叩きのめされ、気を失って倒れた。
寺男の茂造は、諸肌《もろはだ》を脱いで現れた。
相撲取り上がりの茂造は、両手で幸吉の両の二の腕を摑んで締め付けた。
幸吉は逃れようと踠《もが》いた。だが、茂造の力は強く、幸吉は苦しく踠くだけだった。
和馬は、十手で茂造の腕を鋭く打ち据えた。
茂造は屈せず、幸吉を締め付け続けた。
由松は、幸吉を摑まえる茂造の太い腕を握った。
角手の爪が茂造の腕の皮膚を破り、血を飛ばした。
茂造は、思わず幸吉を締め付ける手を緩めた。
由松は、鼻捻で茂造の横面を殴り飛ばした。
茂造は、鼻血を飛ばしてよろめいた。
幸吉は逃れた。
和馬は、十手で茂造の向う脛《ずね》を鋭く打ち据えた。
茂造は、思わず悲鳴を上げて膝をついた。
「野郎……」

幸吉は、十手で茂造の額を打ち据えた。

茂造は白眼を剝《む》き、大きな身体を揺らして前のめりに倒れ込んだ。

家が僅かに揺れた。


浄久と妾のおきちは、寝間着のまま座敷から逃げようとした。

勇次、新八、清吉が座敷に踏み込んで来た。

「な、何だい。お前たちは……」

妾のおきちが金切声をあげ、辺りの物を手当たり次第に投げ付けた。

「煩《うる》せえ……」

新八は、容赦なくおきちを張り飛ばした。

「畜生……」

おきちは、泣き喚《わめ》いた。

「長覚寺住職の浄久、手前の悪辣な所業は分かっているんだ」

勇次は、浄久を厳しく見据えた。

「し、知らぬ。儂《わし》は何も知らぬ……」

浄久は、嗄れ声と肥った身体を震わせた。

「煩せえ。神妙にしやがれ、生臭坊主」

勇次は怒鳴り、新八と清吉が浄久を押し倒して捕り縄を打った。

和馬は、浄久、おきち、茂造を大番屋の牢に繫《つな》いだ。

浄久は、妾のおきちに金貸しをさせ、莫大な高利を貪《むさぼ》り、返せなければ女房子供を売り飛ばす御法度破りをしていた。

寺社方は、浄久の僧籍を剝奪した。

「浄久、此れで手前も立派な町方、もう情け容赦はしねえぜ」

和馬は嘲笑《ちようしよう》した。

「畏《おそ》れ入りました……」

浄久は項垂れた。

「ならば浄久、遊び人の長吉と博奕打ちの猪吉を殺したのは、強請を掛けて来たからだな」

和馬は、浄久を見据えた。

「旦那、儂たちは長吉や猪吉を殺せなどと誰にも頼んじゃあいません。本当です」

浄久は訴えた。

「では、何故に用心棒を雇ったのだ」

「それは、長吉の仲間に、儂が長吉を殺させたと思われ、仕返しに来ると思って……」

浄久は、必死に弁明した。

「浄久、嘘偽りは身の為にならないぜ」

和馬は、冷笑を浮かべた。

「本当です。神崎さま、おきちや茂造にも訊いて下さい」

浄久は、肥った身体を揺らし、恥も外聞もなく懸命に訴えた。

和馬は眉をひそめた。

南町奉行所の中庭に木洩れ日は揺れた。

「そうか。長覚寺の浄久、長吉殺しや猪吉殺し、拘わりないと云うのだな」

久蔵は眉をひそめた。

「はい。妾のおきち、寺男の茂造も同じ事を云っております」

和馬は頷いた。

「ならば、殺された長吉や猪吉の仲間はどうなのだ」

「はい。浪人の坂上純之助、遊び人の喜助に殺した様子はありません」

幸吉は、困惑を浮かべた。

「そうか……」

久蔵は、中庭の揺れる木洩れ日を見詰めた。

「となると、長吉と猪吉を殺した奴は他にいるか……」

久蔵は読んだ。

「はい……」

和馬と幸吉は頷いた。

「よし。ならば和馬、柳橋の。遊び人の喜助たちを放免してみるのだな」

久蔵は冷笑した。

「喜助を放免ですか……」

和馬は眉をひそめた。

「ああ。長吉と猪吉を殺した奴、喜助たちが放免されたと知れば、その命を狙うかもしれぬ」

久蔵は告げた。

「囮《おとり》ですか……」

幸吉は読んだ。

「ああ。和馬、柳橋の。放免した喜助たちから眼を離すな」

久蔵は命じた。


佐吉は、博奕打ちの猪吉が殺され、遊び人の喜助と浪人の坂上純之助がお縄になって以来、鋳職の親方の許に真面目に通っていた。

それは、浪人の片平兵庫が見届けていた。

良かった……。

雲海坊は、和馬や幸吉の眼が佐吉に及ばなかった事を秘かに安堵した。

おせいの為にも良かった……。

雲海坊は、浪人の片平兵庫が佐吉を秘かに見守ってくれているのに感謝した。

佐吉は、此れで悪い仲間と綺麗に手を切り、真っ当な道を進む筈だ。

雲海坊は、柳橋の船宿『笹舟』に赴いた。

「遊び人の喜助たちが放免された……」

雲海坊は眉をひそめた。

「ああ。長吉や猪吉を殺していないのが確かな限り、いつ迄《まで》も大番屋の牢に入れて置く訳にもいかない。ってのは表向きでな……」

幸吉は笑った。

「長吉と猪吉を殺った奴を誘《おび》き寄せる囮か……」

雲海坊は読んだ。

「ああ。だから、勇次や由松が喜助たちに張り付いている」

「そうか……」

雲海坊は頷いた。

柳原《やなぎわら》通りの柳並木は、微風に緑の枝葉を揺らしていた。

遊び人の喜助は、放免されてから入谷《いりや》の裏長屋で大人しくしていた。

勇次は、新八や清吉と秘かに見張った。

三日間が過ぎ、喜助は裏長屋から出掛けた。

漸《ようや》く動く……。

勇次、新八、清吉は尾行た。

喜助は、下谷広小路から柳原通りに抜けた。そして、神田松枝町《まつえだちょう》に進み、玉池稲荷の境内に入った。

「玉池稲荷に参拝に来たんですかね」

清吉は読んだ。

「そんな殊勝な奴じゃあないだろう」

新八は苦笑した。

喜助は、初老の浪人が茶を啜っている茶店の前を通り、お玉が池に進んだ。

勇次、新八、清吉は追った。

喜助はお玉が池の畔に佇《たたず》んだ。

勇次は、お玉が池の畔に佇む喜助を眺めた。

何処かから鍛金《たんきん》をする音が聞こえた。

周囲の何処かに鋳職人の家があるのだ。

勇次は読んだ。

喜助は、玉池稲荷を出てお玉が池の周囲の家並に進んだ。そして、一軒の家の前に立ち止まって眺めた。

家からは鍛金の音がしていた。

錺職人の家だ……。

勇次は見定めた。

喜助は、柳原通りに戻って神田八つ小路に向かった。

勇次、新八、清吉は尾行た。

玉池稲荷の茶店にいた初老の浪人が現れ、厳しい面持ちで見送った。


喜助は、神田明神の盛り場に行き、顔見知りの遊び人や地廻りに笑顔で声を掛けていた。

「喜助、何をへらへらしてんですかね」

清吉は眉をひそめた。

「きっと、放免したお上を笑っているんだぜ」

勇次は読み、苦笑した。

「喜助の野郎……」

新八は、腹立たし気に吐き棄てた。

喜助は、神田明神から明神下の通りに出て湯島天神裏の男坂下に進んだ。そして、溜り場だった一膳飯屋の暖簾を潜った。

勇次、新八、清吉は、見張りに就いた。
不忍池に夕陽が映えた。
喜助が一膳飯屋から出て来た。
勇次、新八、清吉は追った。
喜助は、明神下の通りから神田川に架かっている昌平橋を渡り、柳原通りに進んだ。
又、玉池稲荷に行くのか……。
勇次は読み、新八や清吉と尾行た。
柳原通りには、仕事帰りの者たちが足早に行き交っていた。
お玉が池の傍の錺職の家は、仕事仕舞いをしたのか静かだった。
喜助は、物陰から錺職の家を見張った。
何をする気だ……。
勇次、新八、清吉は見守った。
錺職の家から職人姿の十四、五歳の小僧が出て来た。

喜助は、小僧に駆け寄った。

小僧は、驚いたように立ち竦《すく》んだ。

勇次は、喜助たちの仲間に職人姿の小僧がいたのを思い出した。

喜助は、立ち竦んだ小僧に親し気に笑い掛け、その肩に手を廻して夕暮れの玉池稲荷に誘った。


夕暮れの玉池稲荷は、参拝客もいなく静けさに覆われていた。

喜助は、薄笑いを浮かべて小僧に何事かをしつこく囁いていた。

小僧は、硬い面持ちで黙り込んでいた。

勇次、新八、清吉は見守った。

「嫌だ……」

小僧は叫び、喜助を突き飛ばし身を翻《ひるがえ》して玉池稲荷を走り出た。

喜助は、不意を突かれて尻餅をついた。

「新八、小僧を追え……」

勇次は命じた。

「合点だ」

新八は、物陰伝いに素早く小僧を追った。

「佐吉……」

喜助は怒鳴り、立ち上がって小僧を追い掛けようとした。

塗笠《ぬりがさ》を被った浪人が現れ、喜助を抜き打ちに斬った。

喜助は右肩を斬られ、血を飛ばして倒れた。

勇次と清吉に止める間はなかった。

「何をしやがる」

勇次は怒鳴り、物陰から飛び出した。

清吉は続いた。

倒れた喜助に止めを刺そうとしていた浪人は、身を翻して逃げた。

「清吉、追え」

勇次は命じ、倒れている喜助に走った。

清吉は、浪人を追った。

「喜助……」

勇次は、倒れている喜助の様子を見た。

喜助は、斬られた右肩から血を流して気を失っていた。

「しっかりしろ、喜助……」

喜助は、苦しく顔を歪《ゆが》めて微かに呻《うめ》いた。

「喜助が斬られた……」

幸吉は眉をひそめた。

「はい。不意に現れた塗笠を被った浪人に……」

勇次は報せた。

「して、命は……」

幸吉は尋ねた。

「深手ですが、どうにか助かるそうです」

「そいつは良かった」

雲海坊は、小さな笑みを浮かべた。

「よし。勇次、仔細を話してみな」

「はい。喜助の野郎、玉池稲荷裏の錺職の家に行き、出て来た小僧に……」

勇次は、事の顚末《てんまつ》を話し始めた。

雲海坊は凍《い》て付いた。

錺職の家から出て来た小僧は佐吉……。

雲海坊は気が付いた。

「で、嫌だと云って逃げた小僧を追い掛けようとした喜助を現れた浪人が抜き打ちに……」

「斬ったのか……」

「はい……」

勇次は、喉を鳴らして頷いた。

清吉が戻って来た。

「親分、勇次の兄貴……」

「どうした……」

勇次は訊いた。

「浪人、三味線堀《しゃみせんぼり》の辺りで見失いました」

清吉は、悔し気に告げた。

「逃げられたか……」

勇次は、悔しさに満ち溢《あふ》れた。

浪人は片平兵庫なのだ……。

雲海坊は知った。

「親分、勇次の兄貴……」

新八が駆け戻って来た。

「新八、小僧の行き先、突き止めたか……」

「は、はい……」

新八は、雲海坊を見て戸惑った。

「何処だ……」

「そいつが、浅草猿屋町の……」

「俺の住んでいるお稲荷長屋だな……」

雲海坊は訊いた。

「はい……」

新八は頷いた。

「雲海坊……」

幸吉は、雲海坊を見詰めた。

「小僧は佐吉、浪人は片平兵庫……」

雲海坊は、苦し気に告げた。

浅草猿屋町のお稲荷長屋の家々には、温かい明かりが灯されていた。

「邪魔するよ」

雲海坊は、片平兵庫の家を訪れた。

「やあ、雲海坊さん……」

片平兵庫は、雨城楊枝を作る手を止めて微笑《ほほえ》んだ。

「片平さん、ちょいと付き合ってくれないか」

雲海坊は、硬い面持ちで告げた。

「いいとも……」

片平は、木屑の付いた前掛けを外し、刀を手にして出て来た。

雲海坊は、鳥越川に架かっている小橋の袂に片平兵庫を誘った。

小橋の袂には、久蔵、和馬、幸吉が待っていた。

「やあ。片平兵庫さんか……」

久蔵は笑い掛けた。

「如何《いか》にも……」

片平は、驚きも戸惑いもせずに頷いた。

「私は南町奉行所の秋山久蔵、こっちは同心の神崎和馬と岡っ引の柳橋の幸吉……」

久蔵は告げた。

「そうですか。遊び人の長吉と博奕打ちの猪吉を殺し、喜助を斬り棄てたのは私です」

片平は潔く微笑んだ。

「うむ。そいつは何故か教えてくれるかな」

「はい。私と雲海坊さんが可愛いがっている佐吉と申す錺職の修業をしてる子がいましてね。長吉や猪吉、喜助、坂上純之助たち半端な小悪党に拘り、悪の道に足を踏み入れましてね。そいつを止めさせようとしたら、佐吉は止めたくても、もう長吉たちが許してくれないと泣きまして、それで私が……」

「斬り棄てたか……」

片平は苦笑した。

「左様。長吉に頭を下げて頼んでも聞き入れてくれず、挙句の果てには手切れ金を出せと強請って来ましてね。それ故……」

「そいつは猪吉も同じだったのかな」

　久蔵は尋ねた。

「ええ。そして、喜助は佐吉に錺職の親方の家にある銀細工に使う銀の地金を持ち出せと、命じたそうです」

「銀の地金を持ち出せと……」

　雲海坊は眉をひそめた。

「さもなければ、自分たちの悪事の使い走りをしていたと、母親に報せると脅した」

「おせいさんに……」

　雲海坊は、怒りを滲ませた。

「ああ。それだけはさせてはならぬと思い……」

　片平は、雲海坊に笑い掛けた。

「斬ったか……」

「如何にも……」

　片平は頷いた。

「秋山さま、片平さんが斬っていなければ、俺が、俺が殺ったかもしれません」

雲海坊は、声を強張《こわば》らせた。

「落ち着け、雲海坊……」

幸吉は制した。

「心配するな、雲海坊。遊び人の長吉、博奕打ちの猪吉、そして喜助は、強請を働いて返討ちに遭った。それだけの事だ」

久蔵は苦笑した。

「秋山さま……」

雲海坊は、思わず声を弾ませた。

「強請った相手が悪かった。ま、悪事の報い。天罰が下った迄だ。片平さん、良く分かった。此れからも雲海坊と仲良くしてやってくれ」

「秋山さん……」

片平は戸惑った。

「そして、佐吉と母親を見守ってやるんだな」

久蔵は笑った。

「秋山さん、忝《かたじけ》のうございます」

片平は、久蔵に深々と頭を下げた。

「御苦労だったな、雲海坊。和馬、柳橋の、引き上げるよ」

久蔵は、雲海坊に笑い掛け、和馬と幸吉を促して鳥越川に架かる小橋を渡った。

雲海坊は、片平と並んで頭を下げて見送った。

久蔵の去って行く姿は、月明かりに滲んだ。

第二話

帰り道

一

京橋の下の流れに月影は揺れた。

菅笠《すげがさ》を目深《まぶか》に被った男は、旅装束に包んだ身体を前のめりにして足早に京橋を南に渡り始めた。

京橋を渡って来た男は、新両替町《しんりようがえちよう》一丁目にある大戸を閉めた店の前に立ち止まった。

大戸を閉めた店は古く、小間物屋『紅花堂《こうかどう》』の看板が掲げられていた。

「おすみ、政吉《まさきち》……」

旅の男は呟《つぶや》き、小間物屋『紅花堂』を懐かし気に眺めた。

手拭いで頰被《ほおかぶ》りをした男が、一升徳利を手にして京橋を渡って来た。

旅の男は気が付き、向かい側の店の暗がりに素早く隠れた。

頰被りをした男は、小間物屋『紅花堂』の前に立ち止まり、店の様子を窺った。

そして、寝静まっていると睨み、手にしていた一升徳利の中の液体を小間物屋『紅花堂』の大戸に掛け始めた。

液体は酒ではなく油だった。

頰被りの男は、大戸の下に筵を持って来て油の残りを掛けた。そして、火を付けた。

油を掛けた筵は燃え上がり、大きく揺れながら大戸に伸びた。

頰被りの男は、嘲笑を浮かべた。

「火事だ。付け火だ。火事だ……」

斜向かいの店の暗がりにいた旅の男が怒鳴り、叫んだ。

頰被りの男は、慌てて京橋に逃げた。

旅の男が現れ、頰被りの男を追った。

連なる店から人々が出て来た。そして、小間物屋『紅花堂』の大戸に燃える火に騒ぎ立て始めた。

「火事だ。紅花堂が火事だ」

「水だ。水を持って来い……」

人々は、燃える火を消し始めた。


翌朝。

和馬は、勇次に誘われて小間物屋『紅花堂』にやって来た。

小間物屋『紅花堂』の閉められた大戸には、焼け焦げた痕《あと》が残されていた。

「付け火の痕です」

勇次は、大戸の焼け焦げた痕を示した。

「油を掛けたか……」

和馬は眉をひそめた。

「はい。近所の人たちが気が付き、直ぐに消し止め、小火《ぼや》で済んだそうです」

勇次は告げた。

「そいつは何よりだ」

和馬は頷いた。

「じゃあ、中に……」

「うむ……」

和馬は、小間物屋『紅花堂』の大戸の潜り戸を潜って店の中に入った。

勇次は続いた。

狭い庭に面した座敷では、幸吉が羽織を着た白髪髷《しらがまげ》の年寄りと若いお内儀《かみ》に向かい合っていた。

「親分、和馬の旦那です」

勇次が和馬とやって来た。

「これは旦那、御苦労さまです」

「うむ……」

「大旦那、お内儀さん、こちらは南町奉行所定町廻り同心の神崎さまですよ」

幸吉は、白髪髷の年寄りと若いお内儀に和馬を引き合わせた。

「手前は紅花堂仁左衛門《にざえもん》。こちらは嫁のすみにございます」

白髪髷の年寄りと若いお内儀は、和馬に頭を下げた。

「うむ。此度《こたび》は何者かが油を掛け、火を付けたようだが、見付けるのが早く小火で済んで何よりだったな」

「はい。お陰様で……」

仁左衛門は不安気に頷いた。

「して、仁左衛門、おすみ、店に付け火をされた心当たり、何かあるかな……」

和馬は、仁左衛門とおすみを窺った。

「さあて、心当たりと云われても……」

仁左衛門は、困惑を浮かべた。

「ないか……」

「はい、おすみ、お前さんは……」

「は、はい。私もございません」

おすみは、緊張した面持ちで頭を下げた。

「そうか。処で仁左衛門が大旦那なら旦那は何処だ」

和馬は尋ねた。

「神崎さま、紅花堂の主は手前の倅《せがれ》で、おすみの亭主の仁吉《にきち》にございます」

「仁吉……」

和馬は眉をひそめた。

「はい。恥を晒《さら》しますが、その仁吉、五年前に岡場所の女郎を店の金で身請けをして駆け落ちしましてね……」

仁左衛門は、渋面を作った。

「申し訳ありません。私が至らないばかりに……」

おすみは項垂れた。

「いいえ、おすみは政吉を産んで産後の肥立ちが悪くて大変だったのです。それなのに仁吉の馬鹿は……」

「駆け落ちしたままなのか……」

「はい。噂によれば、身請けした女郎と江戸から出て行ったとか。今頃、何処かで野垂れ死にでもしているでしょう」

仁左衛門は、腹立たし気に吐き棄てた。

「そうか……」

和馬は苦笑した。

「それから、おすみが紅花堂を盛り上げ、何とか此処迄やって来たのです。そんな手前どもの店に付け火をしようなんて人がいるとはとても思えません」

仁左衛門は、困惑に満ちた顔で肩を落とした。

「うむ……」

和馬は頷いた。

和馬は、幸吉、勇次と共におすみと番頭に見送られて小間物屋『紅花堂』を出た。

「どう思います……」

幸吉は、和馬を窺った。

「うん。遺恨で付け火をしたんじゃあないとしたら、通りすがりの奴の仕業かな」

「じゃあ、付け火の相手、偶々《たまたま》紅花堂だったたって事ですか……」

幸吉は眉をひそめた。

「かもしれないって事だ……」

「じゃあ、紅花堂の周辺、ちょいと洗ってみますか……」

幸吉は告げた。

「うん。そうしてみてくれ」

和馬は頷いた。

「心得ました……」

幸吉は頷いた。

「付け火だと……」

南町奉行所吟味方与力の秋山久蔵は、眉をひそめた。

「はい。何者かが小間物屋紅花堂の大戸と筵に油を掛け、火を付けたと思われます」

和馬は告げた。

「して、その紅花堂って小間物屋、何故に付け火などされたか分かっているのか……」

久蔵は尋ねた。

「いえ。紅花堂に心当たりはなく。今、遺恨か流しの犯行か、柳橋が、紅花堂の周辺を洗っています」

「そうか。で、和馬の見た処はどうなのだ」

「それが、紅花堂、主の仁吉が五年前に女郎を身請けして駆け落ちし、今は父親の仁左衛門と仁吉の妻のおすみがそれなりに営んでいまして、付け火をされるような恨みを買っているとは……」

和馬は首を捻った。

「思えぬか……」

「はい……」

「それにしても、主の仁吉、女郎を身請けして駆け落ちしたとはな」

久蔵は苦笑した。

「はい。当時、お内儀のおすみは、子供の政吉を産んだ産後の肥立ちが悪く、寝込んでいたそうでして。馬鹿な真似をしたものです」

和馬は呆れた。

「うむ。人は魔が差すと何をしでかすか、分からぬものだ」

「ええ……」

「よし。和馬、小間物屋紅花堂は京橋にあるのだな」

「はい。京橋の南、新両替町一丁目です」

「その界隈《かいわい》に近頃、何か変わった事が起きていないか調べてみろ」

久蔵は命じた。

幸吉は、清吉と小間物屋『紅花堂』の内情を調べ始めた。

勇次と新八は、新両替町一丁目界隈に聞き込みを掛けていた。

小間物屋『紅花堂』は、大繁盛とは云えないが、それなりに営まれていた。

店はお内儀のおすみが仕切り、番頭や手代たちが忙しく働いていた。

店内には、紅白粉《べにおしろい》や櫛簪《くしかんざし》など、いろいろな物が売られており、若い女客で賑わっていた。

お内儀のおすみは、女客に化粧の仕方を教え、櫛簪を見立て、相談に乗ったりしていた。

大旦那の仁左衛門は、金繰りや同業者との寄合などを店での役目とし、六歳になる孫の政吉の子守を楽しんでいた。

おすみと仁左衛門は、奉公人たちにも慕われており、同業者や近所の者たちの評判も良かった。

唯一、評判が悪いのは、女郎と駆け落ちした旦那の仁吉だけだった。

「そいつは仕方がないな……」

幸吉は苦笑した。

「はい。大旦那の仁左衛門さんとお内儀のおすみさん、評判が良くて、とても恨みを買っているとは思えませんね」

清吉は読んだ。

「うん。となると、付け火は偶々された事なのかな……」

幸吉は眉をひそめた。


昨夜、子《ね》の刻九つ（午前零時）頃……。

「火事だ、付け火だ、と男の怒鳴り声が聞こえたんですね……」

勇次は念を押した。

「ええ。それで、居合わせたお客と怒鳴り声のした通りに出て行ったら、紅花堂さんの大戸が燃えていましてね。出て来た他の人たちと慌てて火を消したんだよ」

居酒屋の店主は、料理の仕込みをしながら告げた。

「で、通りに出た時、紅花堂の前に誰かいませんでしたか……」

「いや。誰もいなかったよ」

店主は告げた。

「いなかった……」

勇次は眉をひそめた。

「ああ……」

店主は頷いた。

「じゃあ、火事だ、付け火だ、と怒鳴った人は何処の誰ですか……」

新八は尋ねた。

「えっ。そう云えば、誰なのかな……」

店主は、戸惑った面持ちになった。

「分からないのですか……」

新八は眉をひそめた。

「ええ。あっしたちが行った時には、誰もいなくて……」

「怒鳴り声に聞き覚えは……」

「さあて……」

店主は首を捻った。

「ありませんか……」

「勇次の兄貴……」

「うん。火事だ、付け火だ、と怒鳴った人は付け火をした奴を見ているかもしれないな」

勇次は読んだ。

「ええ……」

新八は頷いた。

「じゃあ、その時、一緒に紅花堂の大戸の火を消した人たちが何処の誰か教えてくれますか……」

勇次は、居酒屋の店主に頼んだ。


こっちは意識していなくても、恨みを抱く者はいる……。

幸吉と清吉は、仁左衛門とおすみ、そして『紅花堂』を恨んでいる者を捜し続けた。しかし、恨んでいる者は浮かばなかった。

「恨んでいる者ですか……」

小間物屋『紅花堂』番頭の忠兵衛《ちゅうべえ》は、首を捻った。

「ええ。こっちに心当たりはなくても、勝手に恨んでいるような奴ですが……」

幸吉は訊いた。

「勝手に恨んでいる奴……」

忠兵衛は眉をひそめた。

「ええ……」

「恨んでいるかどうかは分かりませんが、以前、日本橋は室町《むろまち》の献残屋《けんざんや》大黒屋《だいこくや》の旦那さまが店を売ってくれないかと、お見えになりましてね」

忠兵衛は、腹立たし気に告げた。

「店を売ってくれと……」

幸吉は眉をひそめた。

「はい。ですが、大旦那さまとお内儀さまがお断りになりましてね」

「断った……」

「はい。大黒屋の旦那さまは、うちの旦那さまが駆け落ちし、店が困っていると足元を見ての事だと思いますが、何度も……」

「来たのですか……」

「ええ。ですが、大旦那さまとお内儀さまは、頑としてお断りになられましてね。大黒屋の旦那さまとしては、面白くなかった筈ですが、恨んだかどうかは……」

忠兵衛は首を捻った。

「そうですか。室町の献残屋大黒屋の旦那がねえ」

幸吉は念を押した。

幸吉と清吉は、小間物屋『紅花堂』から出て来た。

「親分、店を売ってくれないからって、付け火をする程、恨みますかね」

清吉は眉をひそめた。

「ま、普通はないと思うが、人によってはあるのかもしれない。とにかく、室町の献残屋大黒屋の旦那を調べてみるさ」

幸吉は、清吉を従えて室町に向かった。

勇次と新八は、小間物屋『紅花堂』の付け火を消しに駆け付けた者たちに聞き込んだ。

「火事だ、付け火だ、と怒鳴った人ですか……」

付け火を消しに駆け付けた呉服屋の手代たちは、顔を見合わせて首を捻った。

「お前さんたちが見付けて怒鳴ったんじゃあないんだね」

勇次は尋ねた。

「ええ……」

手代たちは頷いた。

「じゃあ、誰の声か聞き覚えはないかな」

「さあ、聞き覚えのない声でしたが……」

「そうか……」

勇次は頷いた。

「火事だ。付け火だって怒鳴り声、何となく聞き覚えがあるんだよ」

付け火を消しに駆け付けた米屋の老下男は、聞き込みに来た新八に告げた。

「聞き覚えがある……」

新八は緊張した。

「ああ。何となくだが、そんな気がするんだな……」

米屋の老下男は首を捻った。

「何処の誰の声ですか……」

新八は身を乗り出した。

「だから、何となく、聞き覚えがあるって気がするだけで、何処の誰の声か迄は……」

老下男は眉をひそめた。

「思い出せませんか……」

「ああ。済まねえなあ……」

老下男は詫《わ》びた。

「いいえ。あっしは新八、怒鳴り声が誰の声か思い出したら、柳橋の船宿笹舟に報せて下さい」

新八は頼んだ。

勇次と新八は、〃火事だ、付け火だ〃と怒鳴った者が付け火をした奴を見ているかもしれないと睨み、探し続けた。


日本橋室町二丁目に献残屋『大黒屋』はあった。

幸吉と清吉は、献残屋『大黒屋』を眺めた。

献残屋『大黒屋』は、暖簾を微風に揺らしていた。

「親分……」

「よし。先ずは大黒屋がどんな献残屋で主がどんな奴か聞き込んでみるか……」

「はい……」

幸吉と清吉は、聞き込みを始める事にした。

二

献残屋は、大名旗本家などの不要な献上品を買い取り、贈答品に作り替えて売る商売である。

献残屋『大黒屋』の主は徳兵衛《とくべえ》と云い、多くの大名旗本家に出入りを許されている商売上手と噂されていた。

徳兵衛の商売上手の裏には、狡猾《こうかつ》さと強引さが見え隠れしており、評判は決して良いとは云えなかった。

「それにしても、大黒屋の旦那、室町に立派な店があるのに、京橋の紅花堂を買って出店にでもするんですかね……」

清吉は首を捻った。

「日本橋の室町と京橋。出店にしても近過ぎる気がするな」

幸吉は眉をひそめた。

「じゃあ、何か他の商売でも始める気なんですかね……」

清吉は読んだ。

「ま、どっちにしろ、御法度に触れる話じゃあないな」

幸吉は、献残屋『大黒屋』を眺めた。

羽織を着た痩せた旦那が、番頭たち奉公人に見送られて『大黒屋』から出て来た。

「清吉……」

幸吉は、清吉を促して素早く物陰に入った。

羽織を着た痩せた旦那は、手代をお供に出掛けるのだ。

番頭たち奉公人は見送った。

「大黒屋の旦那の徳兵衛ですか……」

清吉は、出掛けて行く旦那と手代を見送った。

「ああ。間違いあるまい」

「どうします」

清吉は指示を仰いだ。

「よし。何処で何をするか、尾行てみてくれ」

幸吉は命じた。

「合点です」

清吉は、献残屋『大黒屋』徳兵衛と手代を追った。

幸吉は見送った。

勇次と新八は、小間物屋『紅花堂』の付け火を消しに駆け付けた人たちへの聞き込みを終えた。

火消しに駆け付けた人たちに、付け火をした者を見た人はいなく、〝火事だ、付け火だ〟と怒鳴ったのが誰か分からず、知る者もいなかった。

何者かが付け火をし、見付けた者が〝火事だ、付け火だ〟と怒鳴った。そして、付け火をした者は逃げ、怒鳴った者が追った。

勇次と新八は読んだ。

陽は西に大きく傾いた。

今夜も付け火をする者が現れるのか……。

勇次は、新八を見張りに残し、南町奉行所に向かった。

京橋は夕陽に覆われた。

南町奉行所は表門を閉じる刻限が近付き、人々は忙しく出入りした。

幸吉と勇次は落合い、和馬を訪れた。

和馬は、幸吉と勇次を伴って久蔵の用部屋に赴いた。

幸吉と勇次は、久蔵と和馬に探索の経過を報せた。

「そうか、紅花堂の大旦那の仁左衛門とお内儀のおすみ、誰かに恨みを買っている様子はないか……」

久蔵は頷いた。

「はい。今の処は……」

幸吉は頷いた。

「うん。して勇次、火事だ、付け火だと怒鳴って報せた者が誰かは、分からないのだな」

久蔵は尋ねた。

「はい。おそらく怒鳴った者は、付け火をした奴を見ている筈なのですが……」

「うむ……」

「火消しに駆け付けた者たちの誰も見ていないんです」

「ならば、怒鳴った奴、付け火をした者を追ったのかもしれないな」

久蔵は読んだ。

「はい。で、そいつが付け火をした奴の行き先を突き止め、お上に報せて来たと云うような事は……」

勇次は、和馬に訊いた。

「今の処、そんな報せは、自身番や木戸番からも届いていない」

和馬は眉をひそめた。

「そうですか……」

「ならば和馬、京橋一帯に何か変わった事はあったか……」

「そいつが大昔にあったぐらいで、此処十年の間に変わった事はありませんね」

「大昔にあったってのは、何だ……」

久蔵は訊いた。

「そいつが、三十年以上も昔、あの界隈に盗賊の頭が隠れ住んでいたそうですよ」

和馬は告げた。

「盗賊の頭……」

「ええ。ま、古い昔話。京橋一帯に変わった事はなかったと云っても良いでしょうね」

和馬は苦笑した。

「うむ。ならば和馬、柳橋の。今夜、小間物屋の紅花堂を中心とした京橋一帯に付け火をする者が現れぬか、警戒するのだな」

久蔵は命じた。


神田駿河台《するがだい》の武家屋敷街は夕暮れに覆われた。

清吉は、山城国淀藩《やましろのくによどはん》江戸上屋敷を見張っていた。

献残屋『大黒屋』徳兵衛と手代は、淀藩江戸上屋敷を訪れていた。

献残品の買い付けに来たのか……。

清吉は読み、徳兵衛と手代が出て来るのを待った。

やがて、徳兵衛と手代が淀藩江戸上屋敷の裏門から出て来た。

手代は、大きな風呂敷包みを背負っていた。

やはり、献残品の買い付けなのだ。

清吉は、外濠に架かっている神田橋御門に向かう徳兵衛と手代を尾行た。

神田橋御門から鎌倉河岸を通り、室町二丁目に帰るつもりなのか……。

清吉は読んだ。

外濠には月影が映えた。

京橋は月明かりに浮かんでいた。

小間物屋『紅花堂』は大戸を閉め、手代たちが交代で宿直を始めて警戒した。

和馬は、幸吉と小間物屋『紅花堂』の見張りに就いた。

勇次と新八は、京橋一帯の見廻りを始めていた。

「柳橋の。清吉はどうした……」

和馬は訊いた。

「室町二丁目にある大黒屋って献残屋の主の徳兵衛を見張っています」

「献残屋大黒屋の徳兵衛……」

「ええ。紅花堂を売って欲しいと云って来たそうでしてね。大旦那とお内儀が断っても何度も来ているとか。で、ちょいと気になりましてね」

「そうか……」

和馬と幸吉は、小間物屋『紅花堂』を見張り、勇次と新八は京橋一帯の見廻りを続けた。

刻は過ぎた。
清吉は、室町二丁目の献残屋『大黒屋』を見張っていた。
徳兵衛は、淀藩江戸上屋敷を出て真っ直ぐに室町の『大黒屋』に帰って来た。
以来、清吉は見張り続けていた。
徳兵衛に動きはない。
そろそろ潮時か……。
清吉は、見張りを解く頃合いを考えた。
手拭いで頰被りをした人足が、神田八つ小路の方から足早にやって来た。
清吉は、暗がりから見守った。
人足は立ち止まり、献残屋『大黒屋』を眺めた。
献残屋『大黒屋』と拘わりのある奴なのか……。
清吉は緊張した。
人足は、日本橋に向かって歩き出した。
清吉は見守った。
菅笠を被った男が現れ、『大黒屋』を一瞥して人足に続いて行った。
何だ……。

清吉は戸惑った。
菅笠を被った男は、明らかに人足を追っているのだ。
よし……。
清吉は、人足に続いて行った菅笠を被った男を追った。

人足は日本橋を渡り、寝静まった店が左右に連なる日本橋通りを足早に進んだ。
菅笠を被った男は尾行た。
清吉は、微かな緊張を感じながら二人を追った。
此のまま行けば京橋……。
清吉は読んだ。

頬被りをした人足は、京橋に差し掛かった。
菅笠を被った男は追った。
やはり、京橋の『紅花堂』に行くのか……。
清吉は睨んだ。
次の瞬間、菅笠を被った男が京橋を渡る人足に駆け寄り、背後から襲い掛かった。
何だ……。
清吉は驚き、戸惑った。
菅笠を被った男は、人足の胸倉を鷲摑みにして凄みを効かせた。
「大黒屋徳兵衛に頼まれての事か……」
「し、知らねえ。俺は何も知らねえ」
人足は踠き、嗄れ声を震わせた。
「正直に吐け……」
菅笠を被った男は、人足を殴った。
人足は、頭を抱えて逃げようとした。
清吉は、呼子笛を吹き鳴らした。
菅笠を被った男は、咄嗟《とっさ》に人足を京橋の下の暗い川に突き落とした。
人足は悲鳴を上げて暗い川に落ち、水飛沫《しぶき》を上げた。
清吉は走った。
菅笠を被った男は逃げた。
清吉は、京橋の欄干《らんかん》に駆け寄り、暗い川を覗《のぞ》き込んだ。

人足は、泳げないのか水飛沫を上げて踠き、暗い川を流されて行った。

どうする……。

清吉は焦った。

「清吉……」

勇次と新八が駆け寄って来た。

「勇次の兄貴、新八。人足が菅笠を被った野郎に川に突き落とされた」

「新八、川に突き落とされた人足を捜せ、清吉、菅笠野郎を追うぞ」

「合点だ」

新八は、暗い川の下流に走り、勇次と清吉は菅笠を被った男を追った。

呼子笛の音は一度鳴っただけだ。

「柳橋の、此処を頼んだ」

和馬は、幸吉に告げて京橋に走った。

「心得ました」

幸吉は、小間物屋『紅花堂』を窺い、その周囲を鋭く見廻した。

小間物屋『紅花堂』は宿直の手代が明かりを灯し、店の周囲には不審な事もなく、怪しい者もいなかった。

紅花堂は警戒し、お上に護られている……。

菅笠を被った男は、物陰から小間物屋『紅花堂』と佇む岡っ引を眺め、小さく微笑んだ。

新八は、駆け付けた和馬や木戸番たちと川に落ちた人足を捜した。

暗い川の流れは楓川《もみじがわ》と交差し、八丁堀に続いている。

和馬、新八、木戸番、自身番の者たちは人足を捜し続けた。しかし、八丁堀から江戸湊《えどみなと》迄の間に人足を見付ける事は出来なかった。

勇次と清吉は、菅笠を被った男を追った。

だが、菅笠を被った男は夜の闇に隠れ、その姿を見せる事はなかった。

「して、清吉。その人足と菅笠を被った男、どう云う者たちなのだ」

和馬と幸吉は、清吉に訊いた。

「はい。室町の献残屋大黒屋を見張っていた処、人足がやって来ましてね。大黒屋の前で立ち止まり、様子を窺って通り過ぎたのです。で、菅笠の男が追って現れて、やはり大黒屋をちらりと見て通り過ぎたので、大黒屋に拘わりのある奴らだと思い、追って来たんです。そうしたら、京橋で菅笠の野郎が人足に襲い掛かり、大黒屋徳兵衛に頼まれての事かと揉めて、あっしが呼子笛を鳴らしたら、菅笠の野郎が人足を川に突き落として逃げたんです」

清吉は、経緯《いきさつ》を話した。

「菅笠の男が大黒屋徳兵衛に頼まれての事かと、人足に云ったんだな」

幸吉は眉をひそめた。

「はい。間違いありません」

清吉は頷いた。

「そうか……」

「柳橋の、菅笠と人足、それに大黒屋徳兵衛、どうやら紅花堂の付け火に何らかの拘わりがあるようだな」

和馬は眉をひそめた。

「はい……」

幸吉は頷いた。

「それにしても、菅笠を被った奴、何処の誰なのか……」

「ええ。どうやら大黒屋徳兵衛と対立している奴のようですが……」

幸吉は読んだ。

「うん。ひょっとしたら小間物屋の紅花堂に拘わりのある者かもしれぬな」

和馬は睨んだ。

「ええ。こうなると、献残屋の大黒屋徳兵衛も詳しく調べる必要がありますね」

幸吉は告げた。

「ああ……」

和馬は頷いた。

「人足に菅笠を被った男か……」

久蔵は眉をひそめた。

「はい。人足の死体が八丁堀や江戸湊に浮かばない処をみると、助かったものかと……」

「うむ……」

和馬は告げた。

「で、菅笠を被った男は小間物屋紅花堂と拘わりがある者かと思えます」

和馬は、己の読みを伝えた。

「うむ。おそらく和馬の読みの通りだろう」

久蔵は頷いた。

「はい……」

「して和馬。献残屋の大黒屋徳兵衛、どうした」

「柳橋が、由松、清吉に徳兵衛を見張り、身辺を調べるように命じました」

「そうか。して、紅花堂は……」

「勇次と新八が引き続き見張り、警戒しております」

和馬は告げた。

「よし。和馬、五年前に女郎と駆落ちした旦那の仁吉、ちょいと調べてみな」

久蔵は命じた。

「紅花堂の仁吉ですか……」

「ああ。帰り道は遠いものだからな……」

久蔵は苦笑した。

小間物屋『紅花堂』は、店をお内儀のおすみと番頭の忠兵衛たち奉公人が警戒をしながら商売を始め、奥は大旦那の仁左衛門と下男、女中たちが眼を光らせていた。

勇次と新八は、『紅花堂』の表と裏を見張り、警戒をし続けた。

『紅花堂』に人足や菅笠を被った不審な者は現れず、若い女客が賑やかに訪れていた。

日本橋室町の献残屋『大黒屋』は、暖簾を微風に揺らしていた。

由松と清吉は、斜向かいの蕎麦屋《そばや》の二階の座敷の窓から『大黒屋』を見張った。

『大黒屋』には、お店者《たなもの》や武家屋敷の用人などが贈答品の買い付けに来ていた。

「取り立てて怪しい客はいませんね」

清吉は、『大黒屋』を眺めていた。

「うん……」

由松は、窓の外に見える献残屋『大黒屋』を厳しい面持ちで見詰めた。

「どうだ……」

幸吉が入って来た。

「今の処、変わった事はありません」

清吉は告げた。

「昨夜の人足や菅笠の野郎も現れないか……」

「はい……」

清吉は頷いた。

「親分、清吉……」

由松が、窓の外の献残屋『大黒屋』を見ながら呼んだ。

幸吉と清吉は、窓の外を覗いた。

献残屋『大黒屋』から徳兵衛が現れ、足早に室町三丁目に向かった。

「追います」

由松が窓辺から離れた。

「俺も行く。清吉、此処を頼む」

幸吉は続いた。

三

日本橋通りは多くの人が行き交っていた。
献残屋『大黒屋』徳兵衛は、室町三丁目にある浮世《うきよ》小路《こうじ》に曲がった。
由松と幸吉は尾行た。
浮世小路の先には、西堀留川の堀留があって雲母橋《きらずばし》が架かっていた。
徳兵衛は雲母橋の袂に行き、何気なく辺りを見廻した。
雲母橋を挟んだ対岸には、二人の浪人と縞《しま》の半纏を着た遊び人が立ち話をしていた。
徳兵衛は、二人の浪人と遊び人を一瞥して佇んだ。
幸吉と由松は、物陰から雲母橋の袂に佇む徳兵衛を見張った。
「誰かと待ち合わせですかね」
由松は睨んだ。

「きっとな……」

幸吉は頷き、徳兵衛を見守った。

僅かな刻が過ぎた。

菅笠を目深に被った男が現れた。

徳兵衛は気が付き、僅かに身構えた。

「親分……」

由松は緊張した。

「ああ。菅笠を被った野郎だ」

幸吉は頷いた。

菅笠を被った男は、徳兵衛が一人で来ていると見定め、近寄った。

「金、持って来たか……」

「ああ……」

徳兵衛は喉を鳴らして頷き、懐から切り餅を出して見せた。

「貰おうか……」

菅笠を被った男は手を出した。

「その前に平吉《へいきち》は何処にいる」

徳兵衛は、厳しい面持ちで尋ねた。

「俺が預かっている」

菅笠を被った男は、微かな嘲《あざけ》りを浮かべた。

「じゃあ、金は平吉を返して貰ってからだ」

「だったら、平吉をお上に突き出す迄だ」

菅笠を被った男は、薄く笑った。

「分かった。金は渡す」

徳兵衛は、悔し気に告げて片手を上げた。

対岸で立ち話をしていた二人の浪人は、刀を抜きながら菅笠を被った男に猛然と駆け寄った。

縞の半纏の男が続いた。

「汚ねえぞ、徳兵衛……」

菅笠を被った男は怒鳴った。

「煩せえ……」

徳兵衛は嘲笑した。

二人の浪人は、菅笠を被った男に斬り掛かった。

菅笠を被った男は、咄嗟に転がって躱《かわ》した。

「親分……」

由松は、幸吉の出方を窺った。

「呼子笛を鳴らせ……」

幸吉と由松は、呼子笛を吹き鳴らした。

呼子笛の音が甲高く鳴り響いた。

徳兵衛と二人の浪人、遊び人は怯んだ。

菅笠を被った男は、その隙を衝いて浪人の一人に体当たりをした。

体当たりをされた浪人は、西堀留川に転落して水飛沫を煌めかせた。

徳兵衛と残る浪人たちは驚いた。

菅笠を被った男は、素早く身を翻して逃げた。

「追え、清六《せいろく》……」

徳兵衛は、縞の半纏を着た遊び人に命じた。

「は、はい……」

清六と呼ばれた縞の半纏を着た遊び人は、慌てて菅笠を被った男を追った。

「追います……」

由松は幸吉に告げ、物陰伝いに菅笠を被った男と清六と呼ばれた縞の半纏の遊び人を追った。

幸吉は、徳兵衛と残る浪人を見守った。

残る浪人は、西堀留川に落ちた浪人を助け上げ始めた。

徳兵衛は、腹立たし気に舌打ちをし、足早に浮世小路に戻り始めた。

幸吉は追った。

菅笠を被った男は、平吉と云う男に拘る事で徳兵衛に脅しを掛けて金を取ろうとした。

だから、徳兵衛は二人の浪人に菅笠を被った男を殺させようとした。

幸吉は、想いを巡らせた。

菅笠を被った男は、徳兵衛にどのような脅しを掛けたのだ。

平吉と云う男は、小間物屋『紅花堂』の付け火に拘りがあるのか……。

幸吉は、想いを巡らせながら徳兵衛を追った。

徳兵衛は、浮世小路から日本橋の通りに出て献残屋『大黒屋』に戻った。

幸吉は見届けた。


西堀留川は緩やかに流れ、日本橋川に続いている。

菅笠を被った男は、西堀留川沿いの道を足早に日本橋川に進んだ。そして、日本橋川の手前の荒布橋《あらめばし》を渡り、小網町《こあみちよう》一丁目に進んだ。

縞の半纏を着た遊び人の清六は追った。

由松は続いた。

菅笠を被った男は、小網町一丁目を進んで東堀留川に架かっている思案橋《しあんばし》を渡り、日本橋川沿いを小網町二丁目に進んだ。

清六は追い、由松は続いた。

菅笠を被った男は、小網町二丁目の裏通りに入り、潰れた飲み屋の路地の奥に進んだ。

清六は、路地の入口から奥を窺った。
菅笠を被った男は、潰れた飲み屋を塒にしているのか……。
由松は、物陰から見守った。
清六は、懐の匕首《あいくち》を握り締めて路地の奥に進んだ。
由松は、路地の入口に走って奥を窺った。
清六は、潰れた飲み屋の裏口から忍び込んで行った。
野郎……。
由松は、路地の奥に走った。そして、潰れた飲み屋の裏口に進んだ。
「手前……」
「何処の誰だ……」
二人の男の怒鳴り合う声が響き、闘う物音に潰れた飲み屋が激しく揺れた。
由松は、裏口から潰れた飲み屋に駆け込んだ。
潰れた飲み屋の中は、薄暗くて黴《かび》臭かった。
由松は、板場から店に踏み込んだ。
無精髭の中年男が左の二の腕を血に染め、店の板戸を蹴破った。

日差しが店の中に差し込み、埃が巻き上がった。

無精髭の中年男は、蹴破った板戸から逃げた。

菅笠を被った男だ……。

由松は睨んだ。

「待て……」

由松は追い掛けようとした。だが、店の隅に縞の半纏を着た清六が倒れているのに気が付いた。

「清六……」

由松は、清六に駆け寄った。

清六は、握り締めた匕首を己の脇腹に突き刺して気を失っていた。

清六は、菅笠を被った男を匕首で刺し殺そうと争った。そして、菅笠を被った男の左の二の腕を傷付けたが、誤って己の脇腹を突き刺したのだ。

由松は読んだ。

「清六、しっかりしろ……」

由松は、清六を揺り動かした。

清六は、苦しく顔を歪めて微かに呻いた。

「して、その清六と申す遊び人、命は取り留めるのか……」

久蔵は尋ねた。

「はい。深手ですが、命は助かるそうです」

幸吉は告げた。

「そいつは良かったな」

久蔵は、小さな笑みを浮かべた。

「はい。二人の浪人と清六は、大黒屋徳兵衛の指図で菅笠の男の命を狙ったのは間違いありません」

「うむ。その辺りの事情を清六に吐かせれば、小間物屋紅花堂の付け火もはっきりするかな」

久蔵は読んだ。

「はい。容態が落ち着き次第、問い質します」

幸吉は、厳しい面持ちで告げた。

「それで柳橋の、菅笠の男は……」

和馬は訊いた。

「由松が追ったんですが……」

　幸吉は、悔し気に告げた。

「逃げられたか……」

「ですが、菅笠の男、左の二の腕に手傷を負ったようでしてね」

　幸吉は報せた。

「左の二の腕に手傷か……」

　久蔵は眉をひそめた。

「はい。で、今、由松が小網町界隈の町医者などを当たっています」

「そうか……」

　久蔵は頷いた。

「それにしても、菅笠の男、何者なんでしょうね」

　和馬は首を捻った。

「奴は小間物屋紅花堂の為に動いている。おそらく紅花堂と深い拘わりのある者だろう」

　久蔵は睨んだ。

「紅花堂と深い拘わりですか……」

和馬は眉をひそめた。

「うむ。それから和馬、紅花堂のある処には、昔何があったか、急ぎ調べるのだ」

久蔵は命じた。


由松は、小網町二丁目界隈の町医者を尋ね歩いた。

「えっ。左の二の腕を斬られた男が来たんですかい」

由松は、町医者の医生に聞き返した。

「ええ。昼間、喧嘩をして左腕を斬られたって男の人が……」

町医者の医生は、怪訝な面持ちで告げた。

「で、怪我の具合は……」

「それが、見た目はそれ程でもない傷なのですが、玄沢《げんたく》先生の話では腕の筋が斬られていて、左手は動かなくなるかもしれないと……」

医生は、気の毒そうに告げた。

「左手が動かなくなるかも……」

由松は眉をひそめた。

「はい……」

「で、その男、何処にいるのか、知っていますか……」

「さあ、知りませんが……」

医生は、首を横に振った。

「そうですか……」

由松は肩を落とした。

「でも、薬を取りに来ますよ」

医生は告げた。

「薬……」

「ええ。化膿止めの煎じ薬を取りに……」

「来るんですか……」

由松は、思わず声を弾ませた。

小間物屋『紅花堂』に変わりはなかった。

勇次と新八は見張り続けていた。

「勇次の兄貴……」

新八は、通りの南を示した。

着流しの武士が、塗笠を目深に被ってやって来た。

「秋山さまかな……」

勇次は、塗笠に着流しの武士が久蔵だと気が付いた。

「ええ。きっと……」

新八は頷いた。

着流しの武士は、物陰にいる勇次と新八に塗笠を上げて笑った。

久蔵だった。

「やっぱり、秋山さまだ……」

勇次と新八は会釈をした。

久蔵は、小さく頷いて小間物屋『紅花堂』の暖簾を潜った。


小間物屋『紅花堂』の店内は、紅白粉の香りが漂い、若い女客が品定めをしていた。

「邪魔するよ」

久蔵は、帳場にいる若いお内儀に近付いた。

「いらっしゃいませ……」

若いお内儀は、塗笠を取った久蔵に微かな戸惑いを過らせた。

「お内儀のおすみかな……」

久蔵は尋ねた。

「は、はい。左様にございますが……」

おすみは、怪訝な面持ちで頷いた。

「私は南町奉行所吟味方与力の秋山久蔵、ちょいと訊きたい事があってな」

久蔵は笑い掛けた。


「どうぞ……」

おすみは、久蔵を座敷に通して茶を差し出した。

「うむ……」

久蔵は茶を啜った。

「して、秋山さま、御用とは……」

大旦那の仁左衛門は、久蔵に警戒の眼差しを向けた。

「うむ。他でもない。仁左衛門、おすみ。倅で旦那の仁吉、今、何処で何をしているのか知っているのかな」

久蔵は、仁左衛門とおすみに尋ねた。

「仁吉にございますか……」

仁左衛門は、白髪眉をひそめた。

「うむ……」

「仁吉が今、何処で何をしているのかは知りませんし、知りたくもございませせん」

仁左衛門は、厳しい面持ちで告げた。

「私も存じません……」

おすみは告げた。

「そうか、父親の仁左衛門とお内儀のおすみも知らないか……」

「はい……」

仁左衛門は頷いた。

「ならば、過日、紅花堂の付け火を見付けて報せ、火事になるのを食い止めたのは、誰だと思っているのかな」

「それは、通り掛かった方が……」

　仁左衛門は、戸惑いを浮かべた。

「うん。私も最初はそう思っていたが、火を消し止めた者たちに、付け火を見付けて報せた者はいなかった」

　久蔵は告げた。

「そうなんですか……」

　仁左衛門とおすみは、戸惑いを浮かべた。

「うむ。で、そいつは紅花堂の付け火を企てた者を突き止めようとしている……」

「付け火を企てた者を……」

　仁左衛門は厳しさを浮かべた。

「うむ。そして、らしい者を突き止め、何とか確かな証拠を摑もうとして殺されそうになり、手傷を負って姿を消した」

「手傷を負って……」

　おすみは眉をひそめた。

「うむ。何故だか分かるか……」

「秋山さま……」

「まさか……」

　おすみと仁左衛門は、思わず顔を見合わせた。

「私もそのまさかだと思えてね……」

　久蔵は笑った。

「ですが、秋山さま、仁吉は岡場所の女郎を身請けして駆け落ちした愚か者です。そんな奇特な真似は。万が一、そうだとしても今更、許せるものではございません」

　仁左衛門は、腹立たし気に云い放った。

「ま。許すか許さぬかは、仁左衛門やおすみの胸の内一つだ。して尋ねるが、近頃、仁吉の噂を聞いたり、気配を感じた事はないかな」

「噂や気配ですか……」

「うむ……」

「別に此れと云って……」

　仁左衛門は首を捻った。

「そう云えば、五日程前でしたか、隣の瀬戸物屋の浩《こう》ちゃんが、旅姿の男の人にうちの政吉と間違われたと、子守のお花《はな》ちゃんが笑っていましたが……」

おすみは告げた。

「ほう。旅姿の男か……」

「はい。間違われた瀬戸物屋の浩ちゃんは政吉の一つ下の五歳。間違われてもおかしくはないのですが……」

「成る程。何《いず》れにしろ仁左衛門、おすみ。小間物屋紅花堂を身体を張って護ろうとしている男がいるのは確かだ」

久蔵は読んだ。

「秋山さま……」

仁左衛門とおすみは、久蔵を見詰めた。

「ま、それが、そいつの帰り道なのだろうな」

久蔵は微笑んだ。

「帰り道……」

おすみは、哀し気に呟いた。

「処で仁左衛門、おすみ。献残屋大黒屋徳兵衛は此処を買ってどうするつもりなのか、知っているか……」

久蔵は眉をひそめた。

四

日本橋川に夕陽が映えた。

由松は、小網町二丁目にある町医者の家を見張った。

左の二の腕を斬られた菅笠を被った男は、町医者の家に調合された化膿止めの煎じ薬を取りに来る。

由松は、医生からそう聞いて見張り、菅笠を被った男が来るのを待った。

日本橋川を行き交う船は、船行燈を灯し始めた。

菅笠を被った男が晒布《さらし》で左腕を吊り、町医者の家に向かってやって来た。

来た……。

由松は、緊張を漲《みなぎ》らせて見守った。

菅笠を被った男は、町医者の家に入った。

僅かな刻が過ぎた。

菅笠を被った男は、町医者の家から出て来た。その腰には、煎じ薬を入れた風呂敷包みが結び付けられていた。

菅笠を被った男は辺りを鋭く窺い、来た道を足早に戻り始めた。

行き先を突き止める……。

由松は、菅笠を被った男を尾行始めた。


菅笠を被った男は、夕暮れの日本橋川沿いの道を進んだ。

由松は追った。

菅笠を被った男の足取りは遅くなり、僅かによろめいた。

どうした……。

由松は眉をひそめた。

菅笠を被った男は、よろめいて片膝をついた。

由松は、思わず駆け寄った。

「どうしたんだい……」

由松は、菅笠を被った男に声を掛けた。

「いえ……」

菅笠を被った男は、薄く汗を滲ませた顔で息を鳴らしていた。

「熱があるんじゃあないのか……」

由松は、菅笠を被った男が熱を出しているのに気が付いた。

「ああ。大丈夫だ……」

菅笠を被った男は、懸命に立ち上がって歩き出そうとして激しくよろめいた。

「危ねえ……」

由松は、咄嗟に菅笠を被った男を支えた。

「す、済まねえ……」

「家は何処だい。送るぜ」

由松は告げ、肩を貸した。

「忝ねえ……」

菅笠を被った男は、苦し気に礼を云った。

「なあに、気にするな……」

由松は笑った。


竈河岸《へっついがし》は、小網町二丁目から東堀留川沿いに進み、浜町堀に向かう途中にある。

その竈河岸にある一膳飯屋の裏庭には、納屋を改築した家作があった。

菅笠を被った男は、由松の肩を借りて納屋を改築した家に入った。

家の中は狭く、土間に流しと水甕《みずがめ》、石積みの竈《かまど》があり、奥に三畳ほどの板の間があり、粗末な蒲団が敷かれていた。

由松は、菅笠を取った男を粗末な蒲団に寝かせた。

「さあて、熱冷ましの薬はあるのかい……」

「ああ。土鍋の煎じ薬が熱冷ましだ……」

「よし……」

由松は、竈に火を熾《おこ》して冷えた煎じ薬の入った土鍋を掛けた。

「済まねえ。あっしは仁吉って者だが、兄いは……」

「俺か、俺は由松だ」

「由松さんか、随分と世話になっちまったな」

仁吉と名乗った男は、淋し気な笑みを浮かべた。

「なあに、困った時はお互い様だ」

由松は、温くなった煎じ薬を茶碗に注ぎ、仁吉を起こして飲ませた。

仁吉は、眉を顰《ひそ》めて煎じ薬を飲んだ。

由松は、仁吉を再び蒲団に寝かせた。

「仁吉さん、左腕に怪我をしているのかい」

「ああ。斬られてな。その傷が元で熱が出ているんだろう」

仁吉は告げた。

「斬られた……」

由松は眉をひそめた。

「ああ。俺を殺そうとしている野郎に尾行られ、潰れた飲み屋に誘い込んで片付けようとしたんだけど、揉み合いになって斬られてな。で、野郎の匕首を握る腕を捻りあげたら、野郎、自分の腹を突き刺しやがった」

仁吉は、蒲団に横たわって眼を瞑《つぶ》り、溜息混じりに告げた。

「仁吉さん、どうして、そんな野郎に命を狙われる羽目になったんだい」

「由松さん、俺は昔、女房と生まれたばかりの子供を棄てた馬鹿な男でな。その女房と親父が面倒に巻き込まれそうになっているのを知り、何とか始末してやろうと思ってな」

仁吉は眼を瞑ったまま告げた。

「始末か……」

「ああ。そいつが女房子供を棄てた罪のせめてもの償い。詫びの印だぜ……」

仁吉の瞑った眼からは、涙が流れ落ちた。

「そうか……」

由松は、仁吉を哀れんだ。

竈で燃え上がる火は、由松と仁吉の顔を赤く揺らした。

夜の京橋には、夜廻りの木戸番の打つ拍子木の音が響き渡った。

勇次と新八は、小間物屋『紅花堂』を見張り続けた。

小間物屋『紅花堂』に不審な者が現れる事はなかった。

「そうか。菅笠を被った男は、やはり五年前に女郎と駆け落ちした仁吉だったか……」

久蔵は笑みを浮かべた。

「はい。由松が手傷を負った仁吉に近付きました」

幸吉は告げた。

「して仁吉、紅花堂の付け火についてどう云っているのだ」

「そいつは未だだそうです」

「そうか……」

「それで秋山さま。由松の話では、仁吉の傷の具合が余り良くはないようだと……」

幸吉は告げた。

「傷の具合が良くない……」

久蔵は眉をひそめた。

「はい。熱が下がらないそうです」

「熱が下がらないか……」

「はい。どうします」

幸吉は、久蔵の指図を仰いだ。

「うむ……」

久蔵は、厳しさを滲ませた。

竈河岸の船着場には、繋がれた古い猪牙舟《ちょきぶね》が揺れていた。

由松は、一膳飯屋の裏手から薬籠《やくろう》を提げた町医者を見送って出て来た。

「それではな……」

「ありがとうございました」

由松は、浜町堀に向かう町医者を見送った。

「由松……」

着流しの久蔵が船着場に現れた。

「秋山さま……」

「仁吉の熱、未だ下がらないのか……」

久蔵は尋ねた。

「はい。身体が随分と弱っているそうでして、此のまま熱が下がらなければ……」

由松は、不安を過らせた。

「危ないのか……」

久蔵は眉をひそめた。

「はい……」

「よし。ならば、逢わせて貰おう」

久蔵は告げた。

薄暗く狭い家の中では、仁吉が眼を瞑って蒲団に横たわっていた。

「仁吉さん……」

由松は呼び掛けた。

「ああ……」

仁吉は、嗄れ声で返事をして熱っぽい眼を開け、久蔵がいるのに戸惑いを浮かべた。

「仁吉さん、此方は南町奉行所吟味方与力の秋山久蔵さまだ」

由松は、仁吉に久蔵を引き合わせた。

「秋山久蔵さま……」

仁吉は、久蔵の名を知っていたらしく慌てて起き上がろうとした。

「そのままで良い……」

久蔵は笑い掛けた。

「由松さん……」

仁吉は、由松に困惑の眼を向けた。

「お言葉に甘えると良いぜ」

由松は、仁吉を寝かせた。

「済みません……」

仁吉は身体を横たえ、吐息を洩らした。

「仁吉、小間物屋紅花堂の付け火を食い止めたのはお前だな」

久蔵は尋ねた。

「はい……」

仁吉は頷いた。

「して、付け火をしたのは誰なのだ」

「平吉って野郎で、献残屋の大黒屋徳兵衛に金で頼まれての付け火でした」

「そいつは間違いないのだな」

「はい。平吉の野郎、改めて付け火をしに行こうとしたので川に叩き込んでやりましたよ」

仁吉は、熱っぽい眼に笑みを浮かべた。

「そうか。して、大黒屋徳兵衛が頼んだのは間違いないのだな」

「はい。邪魔をする手前を殺そうとしたのが、何よりの証《あかし》です」

仁吉は告げた。

「うむ。して、大黒屋徳兵衛は何故に紅花堂に付け火をしようとしたのだ」

「きっと立ち退かせたいからです」

仁吉は睨んだ。

「何故、立ち退かせたいのだ」

「そいつが良く分からないのです」

仁吉は、悔しさを滲ませた。

「仁吉、父親の仁左衛門が紅花堂を建てたのだったな」

「はい。あっしが今の政吉の年頃の時に……」

「その頃のあの地に何か謂れや変わった事はなかったかな……」

久蔵は尋ねた。

「別に謂れはなかったと思います」

「そうか……」

「ま、変わった事、強《し》いて云えば、更地の隅に古い小さな祠《ほこら》があったぐらいですか……」

「小さな古い祠……」

久蔵は眉をひそめた。

「はい。紅花堂になっても庭の南の隅にそのままある筈です」

「紅花堂を建てる前、あそこには何があったのか、知っているか……」

「はい。確か相州小田原の薬種問屋の出店があったと聞いておりますが……」

「相州小田原の薬種問屋の出店……」

「はい。詳しい事は父の仁左衛門が知っているかもしれません」

仁吉は、熱っぽい顔に疲れを滲ませた。

「そうか。仁吉、良く分かった。後の始末は私が引き受けた」

久蔵は告げた。

「秋山さま……」

仁吉は、久蔵に感謝の眼を向けた。

「ま、ゆっくり休むが良い……」

久蔵は笑った。


「何、盗賊の頭の妾が住んでいた家……」

久蔵は眉をひそめた。

「はい。相州は小田原の薬種問屋の旦那の妾ってのが住んでいましてね。その薬種問屋の旦那ってのが、盗賊の頭だったと云う噂がありました」

和馬は告げた。

「ほう。そんな噂があったか……」

久蔵は、小さな笑みを浮かべた。

「はい、それで……」

「その盗賊の頭が隠し金を残しているか……」

久蔵は読んだ。

「えっ……」

和馬は戸惑った。

「して、その妾の家のあった処に、今は小間物屋紅花堂が建っているか……」

久蔵は、読み続けた。

「はい……」

和馬は頷いた。

「どうやら、その辺りが今度の付け火騒ぎの火種のようだな」

久蔵は笑った。

「秋山さま……」

和馬は、緊張を滲ませた。

「和馬、その盗賊の頭の名と手下に献残屋大黒屋徳兵衛がいなかったか調べてみな」

久蔵は命じた。

「手下に大黒屋徳兵衛が……」

和馬は眉をひそめた。

「うむ……」

久蔵は頷いた。


小間物屋『紅花堂』の大旦那の仁左衛門は、久蔵、勇次、新八を庭に誘った。

「此の地に紅花堂を建てる以前からあった祠は此れにございます」

大旦那の仁左衛門は、庭の隅にある小さな古い祠を示した。

「昔からのままなのだな」

久蔵は念を押した。

「左様にございます。動かしてはおりません」

「よし。ならば、勇次、新八……」

久蔵は命じた。

「はい……」

勇次と新八は、鋤《すき》や鍬《くわ》を手にして古い小さな祠に近付いた。

「あの、お茶が入りましたが……」

おすみは、政吉が遊んでいる座敷から声を掛けた。

「うん。秋山さま、此方でお茶でも……」

「うむ。忝い……」

久蔵は、仁左衛門に誘われて座敷の濡れ縁に腰掛け、古い祠を調べている勇次と新八を見ながら茶を啜った。

「あの祠に大黒屋徳兵衛が此処を欲しがる訳があるのでございますか……」

仁左衛門は困惑した。

「おそらくな。そして、そいつが紅花堂が付け火をされた原因だよ」

久蔵は告げた。

「付け火の原因……」

「うむ。仁左衛門、おすみ、その付け火に逸早《いちはや》く気が付き、騒ぎ立てて小火で食い止めた者がいる」

「えっ。で、その方は……」

仁左衛門は、戸惑いを浮かべた。

「付け火をした者を追い、誰に命じられての仕業なのか探っていたよ」

「秋山さま、その方は何故に……」

おすみは眉をひそめた。

「うむ。そいつは昔、女房子供を残して女と駆け落ちをしてな……」

久蔵は茶を飲んだ。

「お父っつあん……」

おすみは、思わず仁左衛門を見た。

仁左衛門は、喉を鳴らした。

「駆け落ちは長く続かず、男は江戸に舞い戻った。だが、女房子供の許に帰れる筈もなく、遠くから見守るしかなかった……」

「秋山さま……」

仁左衛門は、嗄れ声を微かに震わせた。

「そして、紅花堂に付け火を命じた者は大黒屋徳兵衛だと突き止めたのだが、斬られてな」

「斬られた……」

おすみは驚き、震えた。

「うむ。で、その傷を拗《こじ》らせ、熱が下がらず寝込んでいる」

久蔵は告げた。

「何処ですか。秋山さま、その方は何処にいるのですか……」

おすみは、必死の面持ちで久蔵に尋ねた。

「おすみ、許して良いのか、お前と政吉を棄てて女と駆落ちした奴を許して良いのか、私は許せない……」

仁左衛門は、苦し気に顔を歪めた。

「お父っつあん、仁吉は悔いています。悔いて私たちを陰で見守り、紅花堂を命懸けで護ろうとしたのです。私は、私は……」

おすみは、泣き崩れた。

「おっ母ちゃん……」

政吉は、不安気におすみに抱き着いた。

「政吉……」

おすみは、政吉を抱き締めて嗚咽《おえつ》を洩らし続けた。

「おすみ……」

仁左衛門は項垂れた。

久蔵は見守った。

「秋山さま……」

勇次と新八が、土塗《つちまみ》れの金箱を持って来た。

「あったか……」

「はい。祠の真下に……」

「開けてみな……」

「はい……」

勇次と新八は、金箱の蓋を抉《こ》じ開けた。

金箱には、一尺弱の観音像が入っていた。

「秋山さま……」

勇次と新八は戸惑った。

「うむ……」

久蔵は、小柄《こづか》を抜いて観音像の裏を僅かに削った。

裏の汚れの下に金の輝きが見えた。

「どうやら、金無垢《きんむく》の観音像のようだ」

久蔵は笑った。

「やっぱり……」

勇次と新八は、喉を鳴らして頷いた。

献残屋『大黒屋』徳兵衛が、付け火迄して『紅花堂』を立ち退かせようとしたのは、やはり盗賊の頭の隠したお宝を狙っての事だった。

「よし。勇次、新八、大黒屋徳兵衛をお縄にする。皆に報せな」

久蔵は命じた。

「承知……」

勇次と新八は頷き、素早く動いた。

「仁左衛門、聞いての通りだ。おすみ、仁吉は竈河岸にある一膳飯屋の家作にいるよ」

久蔵は教えた。

「秋山さま……」

おすみは、政吉を抱いて深々と頭を下げた。

「仁吉をどうするかは、お前さんたちが決める事だが、帰り道は遠かったようだ……」

久蔵は微笑んだ。

献残屋『大黒屋』は、久蔵と幸吉や清吉が表を見張り、勇次と新八が裏に張り付いた。

「秋山さま……」

和馬が駆け寄って来た。

「おう、手配りは終わったか……」

「はい。大黒屋の周囲は捕り方たちが固めました」

和馬は報せた。

「よし……」

「それで大昔、相州小田原から来ていた盗賊の頭は鬼薊《おにあざみ》の喜平次《きへいじ》。睨み通り手下に徳兵衛がいたようです」

「そうか……」

「それから、付け火をした平吉、板切れに摑まって江戸湊に浮かんでいたのを佃《つくだ》島《じま》の漁師に助けられていましたよ」

和馬は苦笑した。

「そいつは良かった……」

久蔵は、仁吉が人殺しにならずに済んだ事に安堵した。

「よし。和馬、柳橋の。大黒屋に踏み込んで徳兵衛をお縄にしろ」

久蔵は命じた。

「心得ました。では。行くぞ、柳橋の……」

和馬は、幸吉を促して献残屋『大黒屋』に走った。

捕り方たちが現れ、献残屋『大黒屋』を素早く取り囲んだ。

久蔵は、冷笑を浮かべて献残屋『大黒屋』に向かった。

献残屋『大黒屋』から男たちの怒号が湧きあがり、店は大きく揺れた。

久蔵は、徳兵衛と平吉を付け火の罪で死罪に処した。そして、仁吉を構いなしとした。

仁吉は、おすみの看病で辛うじて命を取り留めた。だが、左腕は筋が切られて動かなくなった。

仁左衛門は、おすみの願いを聞いて仁吉を小間物屋『紅花堂』に引き取った。

自業自得、身から出た錆《さび》とは云え、仁吉の帰り道は遠く険しかった……。

久蔵は苦笑した。

第三話

淡路坂

一

神田川の流れは煌めき、行き交う船の櫓《ろ》の軋《きし》みが響いていた。

南町奉行所定町廻り同心の神崎和馬は、岡っ引の柳橋の幸吉と下っ引の勇次と共に市中見廻りに出て、神田八つ小路から神田川に架かる昌平橋に差し掛かった。

「うん……」

和馬は、昌平橋を渡って行く羽織袴の武士に気が付いた。

「おう。平四郎《へいしろう》……」

和馬は、羽織袴の武士に声を掛けた。

平四郎と呼ばれた羽織袴の武士は振り返り、和馬に気が付いて笑った。

「やあ、和馬か……」

「うん……」

和馬は、幸吉と勇次に待つように云って平四郎に近付いた。

「忙しそうだな」

和馬は笑い掛けた。

「ああ。組頭のお指図でちょいとな……」

「おお。ならば、お役目に就いての事かな」

和馬は読んだ。

「分からぬが、おそらくな……」

平四郎は、嬉し気な笑みを浮かべた。

「そいつは目出度《めでた》い……」

和馬は、平四郎の為に喜んだ。

「うん。お役目が決まったら報せる。一杯やろう」

「ああ。楽しみにしている」

和馬は頷いた。

「じゃあ、先を急ぐのでな」

「うん……」

和馬は、淡路坂《あわじざか》に向かう平四郎を見送り、幸吉と勇次の許に戻った。

「お知り合いですか……」

「うん。神谷《かみや》平四郎と云ってな。学問所や剣術道場で一緒だった幼馴染だ」

和馬は、淡路坂を上がって行く平四郎を眺めた。

「へえ、幼馴染ですか……」

「うん。小普請《こぶしん》組でな、漸くお役目に就く事が出来るかもしれぬ」

「そいつは、良かったですね」

「ああ。さあ、見廻りを続けよう」

和馬は、昌平橋を渡って神田明神に向かった。

幸吉と勇次は続いた。


夜、人通りの途絶えた淡路坂の上に提灯《ちょうちん》の明かりが浮かんだ。

提灯を手にした手代が、初老の旦那の足元を照らしながら淡路坂を下りて来た。

覆面をした武士が連なる武家屋敷の陰から飛び出し、初老の旦那と手代に猛然と斬り掛かった。

手代は、胸元を斬られて悲鳴を上げ前のめりに崩れ、斃《たお》れた。

提灯が落ちて燃え始めた。

覆面をした武士は、立ち竦む初老の旦那を袈裟懸《けさが》けに斬《き》った。

初老の旦那は、大きく仰《の》け反《ぞ》り斃れた。

覆面をした武士は、淡路坂を駆け下りて行った。

提灯は燃え続け、炎は踊った。


南町奉行所は表門を八文字に開け、多くの人が出入りしていた。

「して、斬り殺されたのは、骨董屋《こっとうや》風雅堂《ふうがどう》主の善三郎《ぜんざぶろう》と手代の千吉《せんきち》か……」

久蔵は眉をひそめた。

「はい。二人共一太刀、斬ったのは中々の遣い手です」

和馬は告げた。

「して、善三郎の三両入りの財布は残されていたのだな」

「はい。金が目当ての辻強盗でなければ、遺恨か只の辻斬り……」

和馬は読んだ。

「うむ。それらしい遺恨はあったのか……」

久蔵は、厳しさを滲ませた。

「柳橋が追っていますが、未だ……」

和馬は、首を横に振った。

「そうか。して和馬。戌《いぬ》の刻五つ（午後八時）に淡路坂となると、仏の風雅堂善三郎、誰かの屋敷を訪れた帰りだったのかな」

久蔵は訊いた。

「はい。駿河台は小袋町《こぶくろちょう》の旗本、小笠原刑部《おがさわらぎょうぶ》さまのお屋敷を訪れた帰りだったそうです」

和馬は告げた。

「小袋町の小笠原刑部……」

「はい。お役目は小普請支配です」

「小普請支配の一人か……」

公儀小普請支配は、無役の旗本御家人を役目に推挙するなどの役職で八人おり、小笠原刑部はその内の一人なのだ。

「はい……」

「ならば、小笠原刑部、骨董を集めている好事家《こうずか》なのかな」

久蔵は読んだ。

「おそらく、そうなのでしょうね」

和馬は頷いた。

「そうか……」

「はい。ま、辻斬りと遺恨の両方から追ってみます」

「うむ……」

久蔵は頷いた。


幸吉は、勇次と清吉に淡路坂一帯に辻斬りが出ていないか調べさせた。そして、由松と新八に『風雅堂』善三郎が恨まれていなかったかを探らせた。

「ならば、俺は旗本の小笠原刑部がどんな好事家か洗ってみるか……」

雲海坊は笑った。

「ああ、そうしてくれ。俺は風雅堂に行って由松たちに合流するよ」

幸吉は頷いた。

勇次と清吉は、駿河台太田《おおた》姫《ひめ》稲荷から淡路坂、神田八つ小路、昌平橋界隈に辻斬りが出ていないか調べた。だが、界隈に辻斬りは現れていなかった。

「辻斬りじゃあないようですね」

清吉は、吐息混じりに淡路坂を眺めた。

大名旗本屋敷の連なる駿河台に続く淡路坂に人通りは少なかった。

「うん。町奉行所や自身番に届けられていない辻斬り、やっぱりいないようだな」

勇次は読んだ。

「はい。で、どうしますか……」

「うん。もう少し聞き込んでみるか……」

「合点です」

勇次と清吉は聞き込みに走った。


骨董屋『風雅堂』は神田鍛冶町《かじちよう》にあり、大戸を閉めて主善三郎の弔《とむら》いの仕度に忙しかった。

由松と新八は、『風雅堂』の奉公人に聞き込みを掛けていた。だが、主の善三郎を殺したい程に恨んでいる奴を知る者はいなかった。

「どうだ……」

　幸吉がやって来た。

「奉公人たちに訊いた限りでは、旦那が恨まれている事などはなかったようですね」

　由松は眉をひそめた。

「善三郎の旦那、頑固な処はあったそうですが、目利きも出来る穏やかな方だったと……」

　新八は告げた。

「そうか。よし、新八、近頃、店や周辺に不審な事がなかったか、奉公人たちに聞き込みを掛けてくれ」

「合点です」

　新八は駆け去った。

「由松、お内儀さんと番頭さんに訊いてみる。一緒に来な」

「承知……」

　幸吉と由松は、弔いの仕度をしている骨董屋『風雅堂』に向かった。

幸吉と由松は、座敷でお内儀のおしずと番頭の喜平《きへい》に逢った。

「善三郎を恨んでいた者ですか……」

お内儀のおしずは、幸吉に赤い眼を向けた。

「ええ。心当たり、ありませんか……」

「善三郎は、穏やかで正直な人でして、人に恨まれるような事はなかったかと。ねえ……」

おしずは、番頭の喜平に同意を求めた。

「はい。旦那さまは骨董品の目利きも正しくされ、人を騙《だま》すような真似は決してしないお方でして……」

喜平は告げた。

「人を騙すってのは……」

由松は眉をひそめた。

「骨董は目利きによって高値が付いたり、安値が付いたり、そこをいろいろ駆け引きをして、安く買ったり、高く売ったり……」

喜平は困惑を浮かべ、意味ありげに告げた。

「成る程。善三郎の旦那は、そんな真似は決して しない方でしたか……」

由松は苦笑した。

「はい。ですから、恨まれる事など、なかった筈ですが……」

喜平は、不安を過らせた。

「そうですか。じゃあ昨夜、小笠原刑部さまの御屋敷には何しに……」

幸吉は尋ねた。

「はい。小笠原さまに骨董品の目利きを頼まれて、お伺いしたのですが……」

「骨董品の目利きに……」

幸吉は眉をひそめた。

「お内儀さま、宗蓮寺《そうれんじ》の芳念《ほうねん》和尚さまがお見えになりました」

手代が報せに来た。

幸吉と由松は、潮時に気が付いた。

骨董屋『風雅堂』から坊主の読む経が聞こえ始めた。

幸吉と由松は、出て来た骨董屋『風雅堂』を振り返った。

「恨まれるような事はなかったか……」

「ええ。目利きも正しく、人を騙すような真似は決してしなかった……」

「親分、だから恨まれたのかもしれませんぜ」

「うん……」

由松は読んだ。

「だから恨まれた……」

幸吉は眉をひそめた。

「はい……」

由松は頷いた。

「目利きが正しいから恨まれたか……」

幸吉は、厳しさを滲ませた。

駿河台小袋町の通りの左右には、旗本屋敷が連なっていた。

旗本小笠原刑部の屋敷は、その連なりの中にあった。

「で、どんな殿さまなのかな、小笠原刑部さまは……」

雲海坊は、小笠原屋敷を眺めながら門前の掃除をしていた下男に小銭を握らせた。

「どんなって、偉そうな殿さまですよ」

下男は、小銭を握り締めた。

「偉そうな殿さまか……」

「ええ。ま、小普請支配のお役目柄、御機嫌伺いの旗本や付け届けも多いから偉そうになっちまうのか、根っから偉そうなのか……」

下男は苦笑した。

「じゃあ、家来や奉公人は大変だな」

雲海坊は、嘲りを浮かべた。

「ええ。おまけに骨董集めの数寄者《すきしゃ》でね」

「偉そうな骨董集めの数寄者……」

雲海坊は眉をひそめた。

「面倒臭い殿さまですよ」

下男は、小笠原屋敷を眺めて笑った。

「うむ。造作を掛けたな。南無阿弥陀仏……」

雲海坊は、下男に手を合わせて経を読み、小笠原屋敷に向かった。

小笠原屋敷の潜り戸が開いた。

雲海坊は立ち止まった。

羽織袴の武士が現れ、辺りを鋭く見廻して塗笠を被り、神田川沿いの道に向かった。

小笠原家家中の者か……。

雲海坊は続いた。

塗笠を目深に被った武士は、神田川沿いの淡路坂を下り始めた。

勇次と清吉が、淡路坂の下からやって来て擦れ違った。

うん……。

勇次は立ち止まり、擦れ違った塗笠を被った武士を振り返った。

見覚えがある……。

勇次の勘が囁いた。

「あっ、雲海坊さん……」

清吉は、淡路坂を下りて来た雲海坊に気が付いた。

「おう……」

雲海坊は、饅頭笠を上げた。

「今のお侍を……」

勇次は、怪訝な面持ちで尋ねた。

「う、うん。小笠原屋敷から出て来てな」

雲海坊は告げた。

「小笠原さまの屋敷から……」

勇次は眉をひそめた。

「ああ……」

「分かりました。あっしが追ってみます」

勇次は告げた。

「勇次の兄貴……」

「清吉、後は雲海坊さんとな……」

「は、はい……」

清吉は、戸惑った面持ちで頷いた。

「じゃあ……」

勇次は、雲海坊に会釈をして淡路坂を下りて行く塗笠を被った武士を追った。

「勇次、どうしたんだ……」

雲海坊は、塗笠を被った武士を慎重に尾行て行く勇次を見送った。

「さあ……」

清吉は、怪訝な面持ちで首を捻った。

塗笠を被った武士は、淡路坂から神田八つ小路に進んだ。

和馬の旦那の幼馴染の神谷平四郎……。

勇次は、塗笠を被った武士が神谷平四郎だと気が付いた。そして、小笠原屋敷から出て来たと知り、追ってみる事にしたのだ。

平四郎は、神田八つ小路を横切り、筋違《すじかい》御門前から柳原通りに進んだ。

何処に行くのか……。

勇次は、平四郎を追った。


柳原通りは柳並木の緑の枝葉を揺らし、多くの人が行き交っていた。

平四郎は、柳原通りを両国に向かった。

神田川に架かっている和泉橋《いずみばし》を渡り、下谷《したや》の御徒町《おかちまち》に行くのか……。

勇次は読み、慎重に尾行た。

平四郎は、柳原通りを進んで和泉橋の手前にある柳森稲荷に入った。

勇次は、足取りを速めた。

柳森稲荷の鳥居の前は空き地になっており、七味唐辛子売り、古道具屋、古着屋などの露店が並び、参拝帰りの客が冷かしていた。

平四郎は、柳森稲荷に参拝したり、露店を覗きもせず、奥の屋台に進んだ。

屋台は安酒を飲ませる店であり、人足や浪人など得体の知れぬ者たちが屯していた。

平四郎は、屋台で湯飲茶碗に満たされた安酒を飲んだ。

どうした……。

勇次は、微かな戸惑いを覚えながら平四郎を見守った。

平四郎は、酒を飲みながら深い溜息を吐《つ》いていた。

何かあったのか……。

勇次は、平四郎の身に何事かが起こったと読んだ。

平四郎は、湯飲茶碗の酒をお代わりして飲み続けた。

勇次は見守った。

夕陽は、神田川の流れや柳森稲荷を赤く染め始めた。

夜の大川の流れには、船遊びの船の明かりが美しく映えていた。

柳橋の船宿『笹舟』は、船遊びの客で賑わっていた。

幸吉の居間では、和馬、雲海坊、由松が訪れて酒を飲んでいた。

「やはり、事件を見た者はいなかったか……」

和馬は酒を飲んだ。

「はい。かなりの遣い手、あっと云う間の出来事だったのでしょう」

幸吉は読んだ。

「うむ。して、怨恨の方はどうなのだ」

「手前たちが聞き込んだ限りでは、風雅堂善三郎、人柄も穏やかな正直者、骨董の目利きも一流で、恨まれるような事はなかったと云われていますが、由松はそいつが恨みを買ったんじゃあないかと……」

「由松、どう云う事だ」

「はい。骨董品の正しい目利きをされて困る者がおり、それで恨みを買う事もあるかと……」

由松は告げた。

「成る程。安物の骨董品を目利きして高値で売る。そいつを正しく目利きされては困る者もいるか……」

「はい。風雅堂の旦那、その辺りで身に覚えのない恨みを買っていたのかも……」

由松は読んだ。

「うむ……」

和馬は頷いた。

「ま、その辺を詳しく調べてみますか……」

幸吉は、和馬に酌をした。

「うん。そうしてくれ。それから、善三郎が訪れていた旗本の小笠原刑部ってのは、どんな人だった」

「そいつが、かなり偉そうな奴だそうですよ」

「偉そうな奴か……」

雲海坊は苦笑した。

「ええ。ま、小普請支配と云う役目柄、御機嫌伺いの小普請組の旗本や付け届けも多くて偉そうになっちまうんですかね」

「小普請支配か……」

和馬は、厳しさを滲ませた。

「ええ。で、おまけに骨董品を集めている数寄者。家来や奉公人にしてみれば面倒な殿さまですよ」

雲海坊は、手酌で酒を飲んだ。

「だろうな。して、善三郎は骨董品の事で小笠原の屋敷に呼ばれ、その帰りに斬られたって訳か……」

「ええ……」

幸吉は頷いた。

「親分。勇次です、只今戻りました」

襖の外で勇次の声がした。

「おう。勇次か、入りな」

勇次が入って来た。

「おう。小笠原屋敷から出て来た侍を追ったそうだな」

幸吉は訊いた。

「はい。ちょいと気になりまして……」

勇次は、それとなく和馬を気にした。

「で、その侍、何処の誰だったんだい」

「はい。そのお侍は、下谷練塀小路《ねりべいこうじ》の組屋敷にお住いの御家人、神谷平四郎さまでした」

勇次は報せた。

「神谷平四郎……」

和馬は眉をひそめた。

二

神谷平四郎は、小普請支配の小笠原刑部の屋敷に出入りをしていた。

和馬は、幼馴染の平四郎の動きを知り、戸惑いを覚えた。

「ですが、和馬の旦那。神谷平四郎さまは小普請組で小笠原刑部さまは小普請支配。平四郎さまが小笠原屋敷を訪れていても不思議でもなければ、おかしくもないのかと……」

幸吉は、戸惑いを浮かべた。

「だがな柳橋の。小普請支配の小笠原刑部は三千石取りの旗本、小普請組の神谷平四郎は百二十石取りの御家人。その間には、小普請支配組頭がおり、直接逢ったり、屋敷に出入りするなど滅多にない事だ」

和馬は厳しさを過らせた。

「でしたら、偶々何か用があって滅多にない事があったのかもしれません」

「うむ。して勇次、平四郎、柳森稲荷の屋台で酒を飲んでどうしたのだ」

「下谷練塀小路の組屋敷に帰られました」

勇次は告げた。

「そうか……」

「和馬の旦那……」

「柳橋の。引き続き風雅堂善三郎を恨む者の割出しと、小笠原刑部の身辺を洗ってくれ」

和馬は命じた。

骨董屋『風雅堂』善三郎と手代の弔いは終わった。だが、『風雅堂』は大戸を閉め、喪に服していた。

由松と新八は、『風雅堂』に不審な者が訪れないかを見張り、恨んでいる者の割出しを急いだ。

「それにしても風雅堂、善三郎の旦那が亡くなっても商売を続けるんですかね」

新八は眉をひそめた。

「うん。風雅堂は善三郎の旦那の目利きで持っていた骨董屋だからな……」

「ええ。その旦那がいなくなったら、どうなるんですかね」

新八は眉をひそめた。


駿河台の小笠原屋敷は表門を閉じ、出入りする者も少なかった。

雲海坊と清吉は、斜向かいの旗本屋敷の中間《ちゆうげん》部屋に金で潜り込み、武者窓から小笠原屋敷を見張っていた。

十徳《じつとく》を着た初老の男が、一尺程の四角い風呂敷包みを持ってやって来た。

雲海坊と清吉は見守った。

十徳を着た初老の男は、小笠原屋敷の潜り戸を叩いた。

「何者ですかね……」

清吉は、潜り戸を開けた中間と言葉を交わして屋敷に入って行く十徳を着た初老の男を眺めた。

「ありゃあ、きっと骨董の目利きだな」

雲海坊は、十徳と四角い風呂敷包みで初老の男をそう読んだ。

「骨董の目利きですか……」

「うん。四角い風呂敷包の中身は、壺か茶碗だろうな」

「じゃあ、売り込みにでも来たんですかね」

「きっとな。頭、今の十徳、目利きかな」

雲海坊は、中間頭に尋ねた。

「ああ、坊さまの見立て通り、今の十徳は村井蒼久《むらいそうきゅう》って目利きでね。掘出し物が手に入ったら売りに来るんだそうだぜ」

中間頭は苦笑した。

「目利きの村井蒼久か……」

雲海坊は、小さな笑みを浮かべた。

下谷練塀小路の組屋敷街には、物売りの声が長閑《のどか》に響いていた。

和馬は、羽織を脱いで着流し姿になり、神谷平四郎の組屋敷を訪れた。

「これはこれは、和馬さま……」

前庭にいた平四郎の妻の里江《さとえ》は、花に水をやっていた手を止めて和馬に微笑んだ。

「やあ。里江さん、平四郎はいるかな」

和馬は尋ねた。

「はい。お前さま、和馬さまがお見えですよ」

里江は、戸口から家の中に告げた。

「何、和馬だと……」

神谷平四郎が戸口に現れた。

「やあ……」

和馬は笑い掛けた。

「おう、和馬……」

平四郎は、微かな戸惑いを過らせた。

「お前さま、直ぐにお茶を……」

里江は、家に入って行った。

「平四郎……」

「ま、上がれ……」

平四郎は、和馬を促した。

「うん……」

和馬は、神谷屋敷に上がって行った。

斜向かいの組屋敷の路地には勇次が潜み、神谷屋敷を窺っていた。


「どうぞ……」

里江は、和馬に茶を差し出した。

「忝い……」

和馬は礼を述べた。

「里江……」

平四郎は、里江に外せと目配せをした。

「はい。では、和馬さま、ごゆっくり……」

里江は、平四郎の前に茶を置いて座敷から出て行った。

「して和馬、何か用か……」

平四郎は、和馬に怪訝な眼を向けた。

「うん。お役目の方はどうなったのかと思ってな……」

和馬は告げた。

「心配掛けているようだが、未だだ」

平四郎は茶を飲んだ。

「そうか。未だ決まらぬか……」

「うむ……」

平四郎は頷いた。

「小普請組の組頭は何方だ……」

和馬は訊いた。

「組頭は高木《たかぎ》軍兵衛《ぐんべえ》どのだ」

小普請支配組頭は、小普請支配同様に八人いた。

「ならば、御支配は……」

「小笠原刑部さまだ」

「小笠原刑部さまか……」

和馬は眉をひそめた。

小普請組の神谷平四郎の上役は、組頭が高木軍兵衛であり、支配は小笠原刑部だった。

「小笠原さまがどうかしたのか……」

平四郎は、和馬を見据えた。

「いや。過日、小笠原さまのお屋敷に伺った骨董屋の主と手代が、帰り道の淡路坂で何者かに斬り殺されてな」

和馬は、平四郎を見返した。

「風雅堂の善三郎の事か……」

「知っていたか……」

「うむ……」

平四郎は頷いた。

「小笠原さまは拘わりないか……」

和馬は訊いた。

「善三郎殺しにか……」

「うむ」

和馬は、平四郎の様子を窺った。

「さあな。御支配の小笠原さまとは滅多に逢わぬし、付き合いもないので知らぬ」

平四郎は、冷えた茶を飲み干した。

「そうか……」

平四郎は、小笠原屋敷に出入りをしている筈だ。

和馬は、微かな戸惑いを覚えた。


半刻（一時間）が過ぎた。

和馬は、平四郎と里江に見送られて神谷屋敷から出て来た。

「ならば平四郎、お役目が決まったら報せてくれ」

「うむ……」

「では、里江どの……」

「はい。百合江《ゆりえ》さまに宜しくお伝え下さい」

「心得た。ではな……」

和馬は、平四郎と里江に会釈をして神田川に向かって立ち去った。

平四郎と里江は見送った。

「里江、出掛ける……」

平四郎は、そう云って組屋敷に戻った。

「は、はい……」

里江は、慌てて平四郎に続いた。

勇次は、斜向かいの路地から見張っていた。


小笠原屋敷の潜り戸が開いた。

「雲海坊さん……」

清吉が窓辺から呼んだ。

居眠りをしていた雲海坊が、清吉のいる窓辺に寄った。

「目利きの村井蒼久です」

清吉は、小笠原屋敷の潜り戸から出て来た村井蒼久を示した。

村井蒼久は、来た時同様に風呂敷包みを持って淡路坂に向かった。

「骨董、売れなかったんですかね」

清吉は首を捻った。

「さあな。よし、俺はちょいと話を聞いて来る。清吉は此処を頼むよ」

「はい……」

雲海坊は、頷いた清吉を残して旗本屋敷の中間部屋から出て行った。


目利きの村井蒼久は、淡路坂に繋がる太田姫稲荷の前に出た。

「目利きの村井蒼久さま……」

後ろからやって来た雲海坊は呼び止めた。

蒼久は立ち止まった。

雲海坊は、饅頭笠を上げて顔を見せ、蒼久に近付いた。

「お坊さま、手前に何か……」

蒼久は、腰を僅かに屈め、雲海坊に怪訝な眼を向けた。

「ちょいとお尋ねしたい事がありましてね」

雲海坊は笑い掛けた。

太田姫稲荷境内の茶店に客はいなかった。

雲海坊は、村井蒼久と縁台に腰掛け、茶店の亭主に茶を頼んだ。

「あの、何でございますか……」

蒼久は、戸惑いを浮かべた。

「小笠原さまのお屋敷には、良く伺っているのですか……」

雲海坊は訊いた。

「は、はい。お出入りを許されておりまして、時々お邪魔をしていますが……」

「そうですか。して小笠原さま、骨董の方はお詳しいのですか……」

「それはもう。あの……」

蒼久は、雲海坊に怪訝な眼を向けた。

「ああ。拙僧の知り合いの寺が雪舟《せっしゅう》禅師の墨絵を秘蔵していましてね。小笠原さまが何処で知ったのか、見せて貰いたいと申して来ましてな」

「雪舟禅師の墨絵ですか……」

「ええ。で、その寺の御住職が見せるのは構わないが、小笠原さま、後々面倒になるような方ではないかと、心配しておりまして、それで拙僧がちょいと小笠原さまの人柄を……」

雲海坊は眉をひそめた。

「それはそれは……」

蒼久は苦笑した。

「で……」

「小笠原さまは、難しいお方でして、それはもう油断なされぬ方が宜しいかと……」

「油断しない方が良い……」

雲海坊は頷いた。

「はい。御自分の欲しいものとなると、そりゃあ手立てを選ばぬお方ですから……」

「手立てを選ばぬ……」

「はい。息の掛かった目利きを使って骨董品の評判を落とし、安く買い叩こうとしますから……」

「そんなお方なのですか……」

「はい……」

「息の掛かった目利きとは……」

「さあて、いろいろな方がいますよ」

蒼久は、言葉を濁した。

「もし、小笠原さまに逆らったりしたらどうなりますかね」

「そりゃあもう、出入り禁止、口を封じられますよ」

蒼久は眉をひそめた。

「口を封じられる……」

「ええ。余計な目利きをして邪魔をするなとね……」

蒼久は、微かな怯えを過らせた。

「して、蒼久さまは今日……」

雲海坊は、蒼久の四角い風呂敷包みを見た。

「ああ。今日は月に一度の御機嫌伺いでしてね。それなりの壺を持参したのですが、お気に入らなかったようです」

蒼久は苦笑した。

「そうですか。して、風雅堂の善三郎さんと云う方を御存知ですか……」

「勿論です、お気の毒な事に……」

「小笠原さまと善三郎さんの拘わりは如何《いかが》でした」

「善三郎さんは正直な方。小笠原さまとは上手く行く筈はありませんよ」

「近頃、何か揉めていたような事は……」

「善三郎さん、小笠原さまが安く買い叩こうとした茶碗を正しく目利きした為、持ち主が売るのを止めたとか……」

「ならば、小笠原さま、お怒りになられたでしょうね」

「そりゃあもう、きっと……」

「そうですか。お陰さまでいろいろ分かりました……」

雲海坊は、手を合わせて蒼久に頭を下げた。

「では、雪舟の墨絵は……」

蒼久は、興味深げに尋ねた。

「お断りしますよ」

雲海坊は笑った。


淡路坂は夕陽に照らされた。

神谷平四郎は、影を長く伸ばして淡路坂を上がった。

勇次は、慎重に尾行た。

平四郎は、淡路坂を上がり、太田姫稲荷の手前で十徳姿の初老の男と擦れ違い、旗本屋敷街に曲がった。

その先には、小笠原刑部の屋敷がある。

勇次は、平四郎の行き先を読んだ。

平四郎は、小笠原屋敷の潜り戸を叩いた。

やはり、小笠原屋敷だ……。

勇次は、物陰から見守った。

小笠原屋敷の潜り戸が開き、平四郎は中に入って行った。

勇次は見届けた。

「勇次……」

雲海坊が背後からやって来た。

「雲海坊さん……」

「今のお侍が和馬の旦那の幼馴染の神谷平四郎さんかい……」

「ええ。和馬の旦那が組屋敷を訪れ、帰ったら直ぐ此処に……」

勇次は、小笠原屋敷を眺めた。

「帰ったら直ぐに此処か……」

雲海坊は眉をひそめた。

「ええ。やはり、深い拘わりがありますかね」

勇次は読んだ。

「うん……」

「雲海坊さんの方は……」

「うん。村井蒼久って目利きが小笠原屋敷に出入りしていてね。いろいろ聞かせて貰ったよ」

雲海坊は笑みを浮かべた。

夕陽は沈み、薄暮の刻が訪れた。

雲海坊、勇次、清吉は、旗本屋敷の中間部屋から斜向かいの小笠原屋敷を見張った。

小笠原屋敷から平四郎は現れず、中年の家来が出て行った。

「出て来ませんね。平四郎さん……」

清吉は、武者窓から淡路坂に向かう中年の家来を見送りながら告げた。

「うん……」

勇次は、小笠原屋敷を見詰めた。

小笠原屋敷は、門前の常夜燈を灯して静寂に覆われていた。

刻が過ぎ、夜が訪れた。

清吉は、見張り続けていた。

小笠原屋敷から平四郎が出て来た。

「勇次の兄貴……」

清吉が気が付き、雲海坊と茶を啜っている勇次を呼んだ。

勇次は、素早く清吉のいる窓辺に寄った。

「漸く出てきましたぜ」

清吉は、小笠原屋敷から出て来た平四郎を示した。

平四郎は、淡路坂に向かった。

「よし、後を追う……」

勇次は中間部屋を出た。

「俺も付き合う。清吉、後を頼んだよ」

雲海坊は、勇次に続いた。


淡路坂は暗く、行き交う者はいなかった。

神谷平四郎は、提灯を持たずに淡路坂を下りた。

勇次と雲海坊は、月明かりを頼りに追った。

夜廻りの木戸番の打つ拍子木の音は、夜空に甲高く鳴り響いた。

三

淡路坂から神田八つ小路。そして、柳原通り……。
神谷平四郎は、柳原通りにある柳森稲荷の前を抜けて和泉橋に向かった。
勇次と雲海坊は尾行た。
「どうやら、練塀小路の組屋敷に帰るようですね」
勇次は読み、微かな安堵を過らせた。
神田川の流れに月影は揺れた。
平四郎は、神田川に架かっている和泉橋に差し掛かった。
勇次と雲海坊は尾行た。
平四郎は、柳原通りから和泉橋に曲がった。
勇次と雲海坊は走った。
下谷練塀小路の組屋敷に帰る……。

神谷平四郎は、和泉橋を足早に渡り始めた。

刹那《せつな》、和泉橋の北の袂の暗がりから数人の浪人が現れ、平四郎に鋭く斬り掛かった。

平四郎は、咄嗟に斬り込みを躱し、刀を抜こうとした。

浪人たちは刀を構え、猛然と平四郎に殺到した。

平四郎の脇腹から血が飛んだ。

「おのれ……」

平四郎は、刀を抜いて必死に斬り結び、浪人の一人を斬り棄てた。

雲海坊と勇次は、和泉橋の袂で呼子笛を甲高く吹き鳴らした。

「勇次、呼子笛だ……」

「人殺しだ。人殺しだ……」

雲海坊と勇次は怒鳴り、騒ぎ立てた。

浪人たちは、平四郎に斬られた一人を担いで逃げた。

和泉橋の上には、倒れた平四郎が残された。

「雲海坊さん、平四郎さんを頼みます」

勇次は、浪人たちを追った。

「承知……」

雲海坊は頷いた。

雲海坊は、倒れている平四郎に駆け寄った。

「おい、大丈夫か……」

雲海坊は、平四郎の様子を窺った。

平四郎は、脇腹と背中を袈裟懸けに斬られて意識を失っていた。

和泉橋の北詰の物陰で見ていた小笠原家の中年の家来が、薄笑いを浮かべて立ち去った。

近所の者たちが、恐る恐る駆け付けて来て雲海坊に声を掛けた。

「お坊さま……」

「おお、医者だ。早く医者を呼んでくれ」

雲海坊は怒鳴った。

神田川北岸の道を進んだ浪人たちは、明神下の通りを横切り、神田明神門前町の盛り場に進んだ。

勇次は尾行た。

浪人たちは、平四郎に斬られた仲間を背負って場末の飲み屋に入った。

勇次は見届けた。

「野郎……」

勇次は、嘲りを浮かべた。

盛り場の賑わいは夜空に響いた。


和馬は、報せに来た新八と下谷練塀小路を神谷平四郎の組屋敷に急いだ。

組屋敷には、幸吉と雲海坊がいた。

「和馬の旦那……」

幸吉は迎えた。

「柳橋の、平四郎は……」

和馬は、息を鳴らした。

「脇腹と背中を斬られ、今、香庵《こうあん》先生と御新造さまが付き添っています」

幸吉は、座敷を示した。

「して、命は助かるのか……」

和馬は性急に尋ねた。

「そいつは未だ……」

幸吉は眉をひそめた。

「ならば、平四郎を斬ったのは、何処の誰だ」

「そいつが、おそらく食詰《くいづめ》浪人、金で雇われての闇討ちかと……」

雲海坊は報せた。

「金で雇われた食詰浪人か……」

「ええ……」

「じゃあ、食詰浪人共を金で雇ったのは、何処の誰だ」

和馬は、落ち着きを失い、狼狽えていた。

「和馬の旦那、そいつも未だです」

幸吉は、和馬を厳しく見据えた。

「済まぬ、柳橋の、雲海坊。して、平四郎は何処からの帰りだったのだ」

和馬は、落ち着きを取り戻そうとした。

「和馬の旦那、神谷平四郎さんは小笠原刑部さまの屋敷に行き、その帰りでした」

　雲海坊は告げた。

「小笠原刑部の屋敷……」

　和馬は眉をひそめた。

「はい……」

「そうか。して、平四郎を襲った食詰浪人共は……」

「後を追った勇次からの報せでは、神田明神門前町の場末の飲み屋に屯している
そうです」

　幸吉は告げた。

「よし。お縄にしてくれる」

　和馬は、怒りを滲ませた。

　神田明神門前町の盛り場は、夜明けと共に深い眠りに沈んでいた。

　幸吉は、骨董屋『風雅堂』を見張っていた由松を呼び寄せた。

　和馬、幸吉、雲海坊、由松、新八は、場末の飲み屋を見張っている勇次の許に
集まった。

「どうだ……」

　幸吉は尋ねた。

「食詰浪人は、平四郎さんに斬られた野郎を除いて四人。それに店の大年増の女将……」

　勇次は報せた。

「よし。こっちは六人。相手は四人でも食詰浪人、情け容赦は怪我の元だ。遠慮なく叩きのめしてお縄にするぜ」

　和馬は命じた。

「承知……」

　幸吉たちは頷いた。

「じゃあ、柳橋の……」

「はい。由松、新八と裏から踏み込んでくれ」

　幸吉は命じた。

「承知……」

　由松と新八は、飲み屋の裏に走った。

「勇次……」

幸吉は、勇次と腰高障子の横に張り付いた。
和馬と雲海坊は続いた。
飲み屋からは浪人たちの鼾《いびき》が聞こえた。
「よし……」
幸吉は、勇次を促した。
勇次は、十手を握り締めて腰高障子を蹴破った。
腰高障子は、音を立てて弾け飛んだ。
勇次、幸吉、和馬、雲海坊は、飲み屋に雪崩《なだ》れ込んだ。
雑魚寝《ざこね》をしていた四人の食詰浪人は、寝込みを襲われて驚き、跳ね起きた。
勇次と幸吉は、食詰浪人の一人を十手で猛然と殴り付けた。
殴られた食詰浪人は昏倒した。
残る食詰浪人の一人が刀を手にし、抜こうとした。
雲海坊は、刀を抜こうとした食詰浪人の腹を錫杖で突いた。
浪人は、前のめりに蹲《うずくま》った。
和馬が襲い掛かり、十手で叩き伏せた。

二人の食詰浪人が裏に逃げようとした。

由松と新八が立ち塞がった。

「退け……」

二人の食詰浪人は怒鳴った。

新八は、萬力鎖《まんりきぐさり》を放った。

鎖が伸び、分銅が食詰浪人の顔面を打った。

食詰浪人は、鼻血を飛ばして仰け反った。

新八は蹴り飛ばした。

食詰浪人は、壁に叩き付けられて倒れた。

新八は、馬乗りになって殴り、素早く捕り縄を打った。

由松が、角手を嵌めた左手でもう一人の食詰浪人の腕を摑まえ、鉄拳を嵌めた右手で殴り飛ばした。

食詰浪人は、血を飛ばして倒れた。

四人の食詰浪人は寝込みを襲われ、狼狽えたまま捕えられた。

幸吉と雲海坊が、奥の部屋から出て来た。

「和馬の旦那、平四郎さんに斬られた浪人は死んでいました。女将はお縄にしました」

幸吉は告げた。

「そうか……」

和馬は、縄を打たれて引き据えられている四人の食詰浪人の前に立った。

四人の食詰浪人は、怯えを過らせた。

「手前らが御家人を闇討ちしたのは分かっている。何処の誰に頼まれての所業だ」

和馬は、食詰浪人たちを厳しく見据えた。

「知らぬ。何処の誰かは知らぬ。俺たちは一人二両で御家人を斬るように雇われただけだ」

「雇ったのは誰だ……」

「羽織袴の武士だ。和泉橋の北詰に一緒に来て、橋を渡って来る御家人を見定めて斬るように命じられた。だから、何処の誰かは知らぬ」

頭分の食詰浪人は告げた。

「ならば、斬った御家人が何処の誰かも知らぬのか……」

和馬は苛立った。

「ああ。雇った奴も斬った相手も知らぬ」

頭分の食詰浪人は吐き棄てた。

「おのれ。柳橋の、此奴らを大番屋に引き立てろ」

和馬は、怒りを滲ませた。

「して柳橋の。食詰浪人共は本当に雇った羽織袴の武士が何処の誰か知らないのか……」

久蔵は、厳しさを滲ませた。

「はい。大番屋に引き立て、和馬の旦那が厳しく責めたのですが……」

幸吉は、悔し気に告げた。

「そうか。して、和馬は……」

「練塀小路の神谷平四郎さんの組屋敷に……」

「その神谷平四郎、命は取り留めそうなのか……」

「そいつは未だ……」

幸吉は、首を横に振った。

「それにしても、神谷平四郎、誰に何故、闇討ちを仕掛けられたのか……」

久蔵は眉をひそめた。

「秋山さま、雲海坊が小笠原屋敷に出入りしている村井蒼久と云う骨董の目利きから聞いたのですが、小笠原刑部さま、御自分の欲しい骨董品があると手立てを選ばぬとか……」

幸吉は報せた。

「手立てを選ばぬ……」

「はい……」

幸吉は、雲海坊が目利きの村井蒼久から訊き出した事を久蔵に告げた。

「ならば、小笠原刑部、己に都合の良い目利きをしなかった善三郎を恨んでいたか……」

久蔵は読んだ。

「おそらく……」

幸吉は頷いた。

「そして、何者かに闇討ちを命じた」

「はい……」

幸吉は喉を鳴らした。

「柳橋の。神谷平四郎は小普請組だったな」

「はい。組頭は高木軍兵衛さまで御支配は小笠原刑部さまだと、和馬の旦那が云っておりました」

「ならば、神谷平四郎が役目に就くか就かぬかは、支配の小笠原刑部の腹一つか……」

久蔵は、思いを巡らせた。

神谷屋敷は静けさに覆われていた。

神谷平四郎は、医者の手当と里江の看病で辛うじて命は取り留めた。

「良かった……」

里江は、眠っている平四郎を見詰めて安堵の嗚咽を洩らした。

「うん……」

和馬は頷いた。

「ですが、身体や気力が元に戻るかどうか……」

町医者の香庵は、気の毒そうに告げた。

「それでも良いんです。生きてさえいれば良いんです」

里江は、眠っている平四郎を優しく見詰めた。

「処で里江さん、平四郎の闇討ちを企てた者に心当たりはないですか……」

和馬は訊いた。

「心当たりですか……」

里江は、戸惑いを浮かべた。

「うむ……」

和馬は、里江を見詰めた。

「ございませんが……」

里江は告げた。

「ならば、平四郎がお役目に就く話はどうなったのか、聞いていますか……」

「いいえ。何も……」

「何も聞いていないのですか……」

「はい。平四郎さまが何も仰《おっしゃ》らないので、お役目に就く話はなくなったものかと……」

里江は眉をひそめた。

「ですが、昨夜、平四郎は小普請支配の小笠原刑部さまの屋敷からの帰りでした」

「えっ……」

里江は、思わず和馬を見た。

「お役目に就く話がなくなったのなら、何をしに行ったのかな」

和馬は首を捻った。

「さあ……」

里江は、困惑を浮かべた。

「平四郎、何か云っていませんでしたか……」

「和馬さま。私は何も聞いてはおりません」

「そうですか……」

和馬は、平四郎を見詰めた。

平四郎は、眠り続けていた。

和馬は、出て来た神谷屋敷を振り返った。

「和馬の旦那……」

幸吉が由松や新八と物陰から出て来た。

「命は取り留める……」

「そいつは良かったですね」

幸吉は、小さな笑みを浮かべた。

「だが、食詰浪人を雇った奴が知ると、又襲うかもしれぬ」

和馬は眉をひそめた。

「分かりました。此のまま神谷屋敷を見張ります」

幸吉、由松、新八は頷いた。

「ああ。宜しく頼む……」

和馬は、幸吉、由松、新八に頼んだ。

南町奉行所に戻った和馬は、久蔵に用部屋に来るように呼ばれた。

「御用ですか……」

和馬は、久蔵の用部屋を訪れた。

「うむ。神谷平四郎の具合、どうなのだ」

久蔵は尋ねた。

「はい。どうやら、命は取り留めるようです」

「そいつは何より、良かったな」

久蔵は、小さく笑った。

「はい……」

「して和馬。神谷平四郎は誰に何故、命を狙われたのだ」

久蔵は訊いた。

「それは……」

和馬は、言葉に詰まった。

「既に読んでいる筈だ……」

久蔵は笑い掛けた。

「秋山さま……」

和馬は狼狽えた。

「そうだな……」

久蔵は、和馬を見据えた。

「はい……」

和馬は頷いた。

「ならば、聞かせて貰おう」

「はい。小普請組の神谷平四郎は、支配の小笠原刑部さまに役目に就きたければ、己の邪魔をした骨董屋風雅堂善三郎を斬れと命じられた。平四郎は役目に就きたい一心で引き受け、善三郎と手代を斬った。だが、我々が探索を始め、私が平四郎を訪れた。平四郎はその事を小笠原さまに報せた……」

和馬は読んだ。

「で、小笠原は食詰浪人共を雇い、平四郎の口を封じようとしたか……」

久蔵は、和馬の読みを続けた。

「きっと……」

「そうか……」

和馬は頷いた。

「ですが、私の読みは読み。確かな証拠は何もありません」

和馬は項垂れた。

「平四郎は証言してくれぬかな……」

「医者の診立てでは、平四郎、命は取り留めても、身体が元のように動き、話す事が出来るかどうかと……」

和馬は吐息を洩らした。

「そうか……」

久蔵は頷いた。

「しかし、平四郎が命を取り留めたのを知った小笠原さまがどう出るか……」

和馬は眉をひそめた。

「うむ。平四郎の組屋敷に見張りは付けてあるのか……」

「はい。柳橋が、由松や新八と……」

「うむ。して、どうする……」

久蔵は、和馬に出方を訊いた。

「秋山さま……」

「小笠原が動くのを待つか、それとも……」

「それとも……」

和馬は訊き返した。

「うむ……」

久蔵は、不敵な笑みを浮かべた。

小笠原屋敷に人の出入りはなかった。

雲海坊、勇次、清吉は、斜向かいの旗本屋敷の中間部屋から小笠原屋敷を見張った。

「勇次の兄貴、雲海坊さん……」

武者窓から小笠原屋敷を見張っていた清吉が、勇次と雲海坊を呼んだ。

「小笠原の家来が動いたか……」

勇次と雲海坊は、素早く清吉の傍に行って武者窓を覗いた。

「秋山さまです……」

清吉は、淡路坂の方からやって来る羽織袴姿の久蔵を示した。

「勇次……」

雲海坊は、勇次を促して中間部屋を出て行った。

勇次は続いた。

久蔵は、小笠原屋敷の前に立ち止まり、辺りを見廻した。

雲海坊と勇次が、斜向かいの旗本屋敷から出て来た。

「御苦労だな……」

久蔵は労《ねぎら》った。

「いえ。で、秋山さまは……」

雲海坊は尋ねた。

「うむ。ちょいと尻に火を付けにな……」

久蔵は笑った。

四

小笠原屋敷の書院は、静けさに満ちていた。

久蔵は、出された茶を飲みながら辺りの気配を窺った。

隣室などに人の気配がした。

家来たちが警戒している……。

久蔵は苦笑した。

「待たせたな……」

袖無しを着た初老の武士が、羽織袴の中年の家来を従えてやって来た。

「小普請支配の小笠原刑部だ……」

初老の武士は、久蔵に冷ややかな視線を向けた。

「用人の山上竜之進《やまがみりゅうのしん》にございます」

中年の家来が名乗った。

「南町奉行所吟味方与力秋山久蔵、突然の訪問、お許し下さい」

久蔵は名乗った。

「うむ。して秋山。用とは何だ」

小笠原は、久蔵に探るような眼を向けた。

「小笠原さま。神谷平四郎と申す組下が何者かの闇討ちに遭ったのは御存知ですな」

久蔵は、小笠原を見返した。

「勿論だ。して、神谷を闇討ちした浪人共は既に捕縛したと聞いているが……」

「はい。だが、浪人共は金で雇われた食詰者。闇討ちを命じた者がいる筈なのですが、未だ何者かは……」

「分からないのか……」

「如何にも。それで、小笠原さまが何か御存知ないかと……」

久蔵は、小笠原に笑い掛けた。

「知らぬ。組下の者の事など、儂は知らぬ」

小笠原は、面倒そうに告げた。

「そうですか。ならば、神谷平四郎に訊くしかないか……」

久蔵は眉をひそめた。

「秋山どの、神谷平四郎、闇討ちにあって死んだのでは……」

山上竜之進は、戸惑いを浮かべた。

「それが、辛うじて命は取り留めたようでしてな。何れは、自分が誰にどうして命を狙われたのかを話してくれるでしょう」

久蔵は苦笑した。

「左様ですか……」

山上は、厳しさを滲ませた。

「いや。良く分かりました。急な訪問、お許し下さい。では、此れにて御無礼致す」

久蔵は、小笠原に会釈をして書院を後にした。

隣室の人の気配が揺れた。

久蔵は苦笑し、落ち着いた足取りで式台に向かった。

「殿……」

山上は狼狽えた。

「どうするのだ。山上……」

小笠原は、顔を醜く歪めた。

久蔵は、出て来た小笠原屋敷を振り返った。

「秋山さま……」

雲海坊がやって来た。

「尻に火を付けた……」

久蔵は苦笑した。

「それは、御苦労さまでした……」

雲海坊は、楽しそうな笑みを浮かべた。

「動くのは、おそらく山上竜之進と云う家来だ……」

「山上竜之進……」

「うむ……」

「心得ました」

雲海坊は頷いた。

「では な……」

　久蔵は、淡路坂に向かった。

　雲海坊は、片手拝みで見送った。

　陽は大きく西に傾いた。

　雲海坊、勇次、清吉は、旗本屋敷の中間部屋から斜向かいの小笠原屋敷を見張り続けた。

　小笠原屋敷の表門脇の潜り戸が開いた。

　勇次と清吉は、武者窓に張り付いた。

　潜り戸から三人の家来が出て来た。

「雲海坊さん……」

　勇次は、雲海坊に声を掛けた。

「おう。頭……」

　雲海坊は、中間頭を促した。

　中間頭は、小笠原屋敷の武者窓から出て来た三人の家来を見た。

「先頭が用人の山上竜之進、のっぺり顔が岸田《きしだ》で猿面が麻生《あそう》だ」

中間頭は、淡路坂に向かう三人の家来の名を教えてくれた。

「じゃあ、雲海坊さん……」

「うん……」

勇次と清吉は、中間部屋から慌ただしく出て行った。

「やあ。世話になったね、頭……」

雲海坊は、中間頭に一朱銀を握らせた。


夕陽は、淡路坂を行き来する者の影を坂下に長く伸ばした。

山上竜之進は、岸田と麻生を従えて淡路坂を下った。

勇次と清吉は、充分に距離を取って慎重に山上たちを尾行た。

雲海坊が饅頭笠を揺らし、足早に追って来た。


山上、岸田、麻生は、神田八つ小路を通って柳原通りに進んだ。

勇次と清吉は追った。

山上、岸田、麻生は、柳原通りから神田川に架かっている和泉橋に曲がった。

「勇次の兄貴……」

「ああ。行き先は練塀小路の神谷屋敷に間違いねえ」

勇次は読んだ。

「ええ。じゃあ、あっしは先に……」

清吉は告げた。

「頼む……」

勇次は頷いた。

清吉は、山上たちに続いて和泉橋を渡って走った。

雲海坊が勇次に追い着いた。

「睨み通りだな」

「はい。清吉が先触れに走りました」

勇次と雲海坊は、山上たちを追った。


下谷練塀小路に大禍時《おおまがとき》が訪れた。

行き交う人は途絶え、連なる組屋敷は明かりを灯し始めた。

神谷屋敷にも明かりが灯された。

幸吉、由松、新八は、物陰から神谷屋敷と下谷練塀小路を見張った。

「親分……」

由松が下谷練塀小路を示した。

男が駆け寄って来た。

由松、幸吉、新八は見詰めた。

「清吉です」

新八は、駆け寄って来る男を清吉だと見定めた。

「呼んで来い」

幸吉は命じた。

「合点です」

新八は、物陰から駆け出した。


山上竜之進は、岸田と麻生に誘われて練塀小路を進んだ。

岸田と麻生は、明かりの灯された神谷屋敷の前で立ち止まった。

「此処か……」

山上は、神谷屋敷を見詰めた。

「はい……」

岸田は頷いた。

「よし。岸田、麻生……」

山上は、岸田と麻生を促した。

岸田と麻生は頷き、神谷屋敷に声を掛けた。

屋敷から里江が現れた。

「拙者、小普請支配小笠原刑部さま家中の者、神谷平四郎どのの御見舞いに参上した」

山上は、里江に告げた。

「それはそれは忝のうございます。どうぞ……」

里江は木戸門を開け、山上たちを屋敷内に招き入れた。

尾行て来た勇次と雲海坊が現れた。

「雲海坊、勇次……」

幸吉、由松、新八、清吉が物陰から出て来た。

「親分……」

勇次は、幸吉の指示を仰いだ。

「よし。勇次と清吉は玄関、雲海坊と新八は勝手口、それぞれ固めろ」

幸吉は命じた。

「はい……」

勇次たちは頷いた。

「俺と由松は庭先に廻る……」

幸吉は告げ、由松を促して神谷屋敷の庭先に廻った。


行燈の灯は微かに揺れた。

神谷平四郎は蒲団に横たわり、眠り込んでいた。

「どうぞ……」

里江は、山上、岸田、麻生を誘った。

山上、岸田、麻生は座り、眠る平四郎の顔を覗き込んだ。

平四郎は、額に薄く汗を滲ませて微かに寝息を乱していた。

「お気の毒に。此れは主小笠原からの見舞いにございます」

山上は、袱紗《ふくさ》に包んだ金子《きんす》を差し出した。

「此れは此れは御丁寧に、忝のうございます。只今、お茶を……」

里江は座敷を出た。

山上は、岸田と麻生に目配せをした。

岸田は頷き、平四郎の掛布団を捲った。

山上は、脇差を抜いて平四郎の胸の上に構えた。

「そこ迄だ。山上竜之進……」

次の間の襖が開き、久蔵と和馬が現れた。

「あ、秋山……」

山上は、激しく狼狽えた。

和馬は、狼狽えた山上を蹴り飛ばし、脇差を奪い取った。

岸田と麻生は、刀を取って柄《つか》を握り締めた。

「動くな……」

久蔵は一喝した。

岸田と麻生は凍て付いた。

「動けば、首が飛ぶ……」

久蔵は、岸田と麻生を見据えて笑い掛けた。

岸田と麻生は怯み、刀の柄から手を離した。

「山上、見舞いと称しての闇討ち、主の小笠原刑部の指図だな」

久蔵は、厳しく見据えた。

「ち、違う……」

「ならば、山上竜之進、岸田、麻生、お前たちの一存での闇討ちか……」

「そ、それは……」

山上は、嗄れ声を震わせた。

岸田と麻生は、障子を開けて庭先に逃げた。

庭先に下りた岸田と麻生の前に、幸吉と由松が現れた。

「退け、退け……」

岸田は怒鳴り、刀を抜いた。

幸吉と由松は、素早く跳び退いて身構えた。

勇次、雲海坊、新八、清吉が駆け付け、それぞれの得物《えもの》を手にして岸田と麻生を取り囲んだ。

「お、おのれ……」

岸田と麻生は震えた。

和馬は、山上の刀を取り上げて庭に突き飛ばした。

「山上、岸田、麻生、此れ迄だ……」

久蔵は冷笑した。

「黙れ、我らは旗本家家中の者、町奉行所の咎《とが》めを受ける謂れはない」

山上は、必死に声を引き攣《つ》らせた。

「黙れ。生死の境にいる者を闇に葬ろうと企てる卑怯な振舞い。流石《さすが》の小笠原刑部も家中の者と認めるかな……」

小笠原刑部は、我が身に火の粉が降り掛かるのを恐れて認める筈はない。

「勝手な真似をしたとして、小笠原家家中から追放されるのが落ちだろうな……」

久蔵は、嘲りを浮かべた。

山上、岸田、麻生は、主小笠原刑部の人柄を誰よりも知っており、言葉なく項垂れるしかなかった。

「柳橋の……」

和馬は、幸吉たちと岸田と麻生から刀を取り上げ、捕り縄を打った。

久蔵は、冷ややかに見守った。

小普請支配小笠原刑部は、山上竜之進、岸田、麻生が神谷平四郎闇討ちに失敗し、南町奉行所に捕らえられたと知り、逸早く家中から放逐《ほうちく》して拘わりない者とした。

読みの通りだ……。

久蔵は苦笑し、山上竜之進、岸田、麻生を浪人として南町奉行所の仮牢に繋ぎ、評定所に事の次第を報せた。

事件の元凶は高慢で狡猾な小笠原刑部にあり、己の邪魔をした骨董屋『風雅堂』主の善三郎を闇討ちしたのが始まりだった。

評定所と目付は、事件の詮議を始めた。

和馬は、神谷平四郎の組屋敷を訪れた。

平四郎は回復し、蒲団の上に身を起こして庭を眺めていた。

「やあ。随分と良くなったようだな」

和馬は笑い掛けた。

「ああ。捕えられて詮議を受けても大丈夫だ」

平四郎は、淋し気な笑みを浮かべた。

庭からの微風が、平四郎の鬢《びん》の解《ほつ》れ毛を揺らした。

「そうか……」

和馬は、浮かぶ哀れみを庭を眺めて誤魔化した。

「お役目に就きたい一心で愚かな真似をしてしまった」

「うむ……」

「骨董屋風雅堂の善三郎と手代には、詫びの言葉もない……」

平四郎は、庭を眺めたまま悔やんだ。

「そうだな……」

和馬は頷いた。

「和馬、頼みがある……」

「頼み……」

「ああ。頼める相手は、和馬、お前しかいない……」

平四郎は、思い詰めた面持ちで和馬を見詰めた。

「平四郎、お前……」

和馬は眉をひそめた。

「頼む、和馬。今更、虫が良過ぎるとは思うが、愚か者の神谷平四郎に武士としての矜持《きょうじ》を取り戻させてくれ。此の通りだ、幼馴染の誼《よしみ》で、頼む……」

平四郎は、和馬に深々と頭を下げた。

「平四郎……」

和馬は、満面に厳しさを漲らせた。

神谷屋敷の木戸門から和馬が里江に見送られて出て来た。

「ならば、里江さん……」

「和馬さま。私は平四郎さまから去り状を戴きました」

里江は微笑んだ。

「里江さん……」

「どうか、どうか平四郎さまの頼みを聞いてやって下さい。お願いします」

里江は、和馬に深々と頭を下げた。

「平四郎の頼み……」

「はい。お世話になりました」

里江は、哀し気な笑みを浮かべて木戸門に入った。

和馬は見送り、重い足取りで練塀小路を神田川に向かった。

組屋敷の板塀の陰から雲海坊が現れ、和馬を見送った。

「里江さん……」

「そうか、和馬が何か仕出かしそうか……」

久蔵は眉をひそめた。

「はい……」

庭先に控えていた雲海坊は頷いた。

「よし。雲海坊、此の事を柳橋に報せ、秘かに和馬を見張るのだ」

「和馬の旦那を……」

「うむ。そして、雲海坊の睨み通り何かを仕出かしそうな時は、急ぎ報せてくれ」

久蔵は頼んだ。

和馬は、神谷平四郎を町駕籠《まちかご》に乗せて小笠原屋敷を訪れた。

「小普請組神谷平四郎、病も癒え、御見舞いの御礼に参上致しました」

和馬は、羽織袴姿の平四郎を介添えし、取次の家来に告げた。

取次の家来は、平四郎と付き添いの和馬を座敷に通した。


和馬は、平四郎の背後に控えた。

やがて、小笠原刑部が家来を従えて現れた。

「おお、神谷平四郎。風雅堂善三郎を斬ったのは、その方の一存でした事だな」

小笠原は、平四郎に逢うなり己の保身を図ろうとした。

「小笠原さま、私は善三郎を斬れば、お役目に就けて頂けると云う言葉を信じて……」

「黙れ、神谷。その方はお役目欲しさに儂に取り入ろうとして、善三郎を斬ったのだ」

小笠原は、卑劣で狡猾だった。

「違います。私は小笠原さまに命じられて風雅堂善三郎を闇討ちしたのです」

平四郎は、小笠原を見据えた。

「おのれ、神谷。その方、何しに来たのだ」

小笠原は、怒りに声を震わせた。

刹那、平四郎は小笠原に飛び掛かり、その胸元を鷲摑みにして脇差を突き刺した。

「か、神谷……」

小笠原は、眼を瞠《みは》って息を飲んだ。

一瞬の出来事だった。

「お、おのれ、神谷……」

家来が驚いた。

「静かにしろ……」

和馬は、家来の首筋に十手を叩き込んだ。

家来は気を失った。

「平四郎、良くしてのけた。行くぞ……」

和馬は、斃れた小笠原を見詰めている平四郎を誉め、促した。

「うむ……」

平四郎は、必死に立ち上がった。

和馬は、平四郎に肩を貸して式台に急いだ。

和馬と平四郎は、小笠原屋敷を出た。

小笠原屋敷は、主の異変に気が付いて騒然となった。

「平四郎……」

和馬は、平四郎を連れて逃げようとした。

「和馬、もう良い。もう充分だ……」

平四郎は、太田姫稲荷の境内に入った。

和馬は続いた。

「和馬、此れ迄だ……」

平四郎は、地面に座り込んで晴れやかな笑みを浮かべ、脇差を己の脇腹に突き立てた。

「平四郎……」

和馬は、顔を哀しく歪めた。

小笠原屋敷から駆け出して来た家来たちが、太田姫稲荷の境内にいる和馬と平四郎に気が付いた。

「太田姫稲荷だ……」

家来たちは、太田姫稲荷に走った。

着流しの久蔵が現れ、行く手を遮った。

「退け……」

家来たちの先頭が、久蔵を突き飛ばそうとした。

次の瞬間、久蔵は突き飛ばそうとした家来の腕を取り、鋭い投げを打った。

家来は、宙を舞って地面に叩き付けられた。

家来たちは怯んだ。

「無礼者……」

久蔵は、身構えて家来たちを鋭く見廻した。

平四郎は、脇腹に突き立てた脇差を横に引いた。

「善三郎と手代へのせめてもの詫び。和馬、長い間、世話になった……」

平四郎は、微笑みを浮かべて息絶え、前のめりに崩れた。

「平四郎……」

和馬は、平四郎の傍に座り込んだ。

「和馬の旦那……」

幸吉、雲海坊、勇次が現れ、駆け寄った。

「みんな、平四郎を俺の背に……」

和馬は頼んだ。

幸吉、雲海坊、勇次は、平四郎の亡骸《なきがら》を和馬に背負わせた。

「平四郎、さあ、帰ろう……」

和馬は、背負った平四郎の亡骸に囁き、淡路坂を下り始めた。

幸吉と勇次は、介添えしながら続いた。

雲海坊は経を読み始めた。

「何もかも此れ迄だ……」

久蔵は、小笠原家の家来たちに告げ、平四郎の亡骸を背負う和馬と幸吉たちに続いた。

家来たちは見送るしかなかった。

久蔵は、淡路坂を下りた。

雲海坊の読む経は、淡路坂に哀しく響いた。

第四話

忠義者

一

神田川の流れは西日に煌めき、架かっている昌平橋には多くの人が行き交っていた。

湯島の学問所を出た秋山大助《だいすけ》は、昌平橋を渡って神田八つ小路に進んだ。そして、神田八つ小路を横切って神田須田町《すだちよう》の通りに進んだ。

神田須田町の通りは日本橋に続き、左右に大店が暖簾を連ねていた。

大助は、空きっ腹を抱えて八丁堀岡崎町《おかざきちよう》の屋敷に急ぎ、神田鍛冶町から神田堀を抜けて本銀町《ほんしろがねちよう》に差し掛かった。

「掏摸《すり》だ、掏摸だあ……」

行く手から男の叫び声が上がり、大助たち行き交う人々は立ち止まった。

「退け、退け……」

男の怒声が響き、立ち止まっていた人々が素早く往来の左右に退いた。

大助は、往来に一人残された。

「退け、邪魔だ……」

縞の半纏を着た男が怒声を上げ、猛然と走って来た。

「えっ……」

大助は、往来の真ん中にいるのが自分だけだと気が付いた。

「わあ……」

大助は狼狽えた。

「邪魔だ。退け……」

縞の半纏の男が、狼狽えた大助を突き飛ばそうと腕を伸ばした。

大助は、咄嗟に縞の半纏の男の伸ばした腕を摑んだ。

「何しやがる……」

縞の半纏の男は、大助を振り払おうと激しく揉み合った。

次の瞬間、大助は縞の半纏の男に鋭い投げを打った。

縞の半纏の男は宙を舞い、激しく地面に叩き付けられて呻いた。

羽織袴の中年の武士が、血相を変えて駆け寄って来た。

「おのれ、掏摸……」

中年の武士は、倒れている縞の半纏の男に馬乗りになって殴った。

「返せ。掏り取った儂の紙入れを返せ」

中年の武士は怒鳴った。

「知らねえ。紙入れなんぞ、俺は知らねえ」

縞の半纏の男は、喚いて抗った。

「おのれ……」

中年の武士は、縞の半纏の男の懐を探った。

大助と立ち止まった人々は見守った。

「えっ、ない……」

中年の武士は戸惑い、縞の半纏の男の着物の前を押し開き、中を調べた。

しかし、縞の半纏の男は紙入れを持っていなかった。

中年の武士は狼狽え、焦りを浮かべて尚も紙入れを探した。

やはり、紙入れはなかった。

「な、ない。儂の紙入れがない……」

中年の武士は呆然とした。

「退け……」

縞の半纏の男は、呆然とした中年の武士を突き飛ばして立ち上がった。

中年の武士は、無様に転がった。

「手前、手前の紙入れが何処にあるってんだ」

縞の半纏の男は怒鳴った。

「か、紙入れはお前が……」

中年の武士は怯んだ。

「だから、俺が持っていたのか……」

縞の半纏の男は怒鳴った。

「い、いや。それは……」

中年の武士は、声を震わせた。

「馬鹿野郎が……」

縞の半纏の男は、吐き棄てて振り返った。

取り囲んで見ていた人々は、思わず身を退いた。

「退け……」

縞の半纏の男は、腰を摩《さす》りながら大助を一瞥して立ち去った。

中年の武士は、呆然とした面持ちで見送った。

大助と人々は、立ち去る縞の半纏の男と中年の武士を見比べた。

「みんな、見なかったか紙入れを、紺色の紙入れを見なかったか……」

中年の武士は、見守っている大助や人々に訊いた。

人々は、眉をひそめてその場を離れた。

「誰か知らぬか、儂の紺色の紙入れを……」

中年の武士は、立ち去る人々に必死の面持ちで尋ねた。

人々は、迷惑そうに散った。

大助は、急に空きっ腹なのを思い出した。

俺もこうしてはいられない……。

大助は、腰に結んだ書籍の入った風呂敷包みを揺らして八丁堀に急いだ。


八丁堀岡崎町秋山屋敷は表門を開け、太市《たいち》が門前の掃除をしていた。

「太市さん……」

大助が足早にやって来た。

「やあ。大助さま、お帰りなさい」

太市は、掃除の手を止めて迎えた。

「只今戻りました」

「与平《よへい》さんがお待ち兼ですよ」

太市は、笑顔で報せた。

「はい……」

大助は苦笑し、開いている表門から屋敷に入った。


与平が、前庭の縁台に腰掛けていた。

「与平の爺ちゃん、只今戻りました」

「此れは大助さま。お帰りなさい……」

与平は歯のない口で笑い、よろよろと立ち上がって大助に頭を下げた。

「あっ、爺ちゃん、座って座って……」

大助は、慌てて与平を腰掛けさせた。

「相変わらず、大助さまは、お優しい……」

与平は、眼を細めて鼻水を啜った。

「爺ちゃん、鼻水だ……」

大助は、与平に懐紙を渡した。

「此れは此れは、忝のうございます。やはり、大助さまはお優しい……」

与平は、懐紙で嬉し気に鼻をかんだ。


太市は、前庭の大助と与平を微笑みながら眺め、掃除を終えた。そして、縞の半纏を着た男が向かい側の物陰から窺っているのに気が付いた。

誰だ……。

太市は、再び掃除を始めてそれとなく向かい側の物陰に近付いた。

次の瞬間、縞の半纏を着た男は、太市の動きに気が付き、身を翻して駆け去った。

気が付かれた……。

太市は、駆け去って行く縞の半纏の男を腹立たし気に見送った。

大助は、母親の香織《かおり》に挨拶をし、台所にいたおふみと妹の小春《こはる》に声を掛けた。

「はい。大助さま……」

おふみは、笹の葉に包んだ大きな握り飯を大助に差し出した。

「流石はおふみさん、ありがたい……」

大助は、おふみに手を合わせて握り飯を受け取り、小春に茶を持って来るように頼んで自室に向かった。

自室に入った大助は、大きな握り飯を食べ始めた。

「兄上……」

小春が茶を持って来た。

「うん……」

大助は、握り飯を食べながら頷いた。

小春は、大助の前に茶を置いた。

「次からは自分で淹《い》れて下さい」

小春は、頬を膨らませた。

「そう云うな、小春。此の世にたった二人の兄妹だ。仲良くしなければな、うん」

「都合の良い時だけ、此の世にたった二人の兄妹は、もう聞き飽きました」

「ま、そう云うな……」

大助は、握り飯を食べ、茶を啜った。

「それより、兄上、お握りを食べる前に腰の風呂敷包みは外した方が良いですよ」

小春は眉をひそめた。

「おお。そうだな……」

大助は、腰に結んだ書籍を入れた風呂敷包みを外した。

紺色の紙入れが間から落ちた。

「兄上……」

小春は、紺色の紙入れに気が付いて拾い上げた。

「あっ。紺色の紙入れ……」

大助は、紺色の紙入れが中年の武士が掏られたと騒ぎ立てていた物だと気が付いた。

「知っているの……」

「うん。帰り道に掏摸騒ぎに出遭ってな。掏られたって紙入れだ」

紙入れとは、小判や鼻紙、薬、爪楊枝など外出時に入用な物を入れて携帯する用具だ。

「じゃあ、掏摸が兄上の腰の風呂敷包みの間に隠したのかしら……」

小春は読んだ。

「うん。何が入っているのかな……」

大助は、紙入れの中の物を検めた。

紙入れの中からは、小判が一枚と鼻紙、赤い薬包紙に包まれた粉薬が二つ出て来た。

「赤い粉薬……」

大助は眉をひそめた。

「何の薬かしら……」

小春は首を捻った。

「旦那さまのお帰りにございます」

式台から太市の声がした。

「兄上……」

小春は、式台に急いだ。

大助は、小判、鼻紙、赤い薬包紙の二つの粉薬を紙入れに戻し、懐に入れて続いた。

「う、うん……」

主の久蔵が南町奉行所から帰り、秋山家は夕餉《ゆうげ》の時を迎えた。

久蔵、大助、香織、小春、与平、太市、おふみは揃って夕食を食べた。

久蔵は食べ終え、未だ食べている大助に声を掛けた。

「大助、食べ終えたら私の部屋に来い。太市もな……」

「はい……」

太市は頷いた。

「心得ました。直ぐに……」

大助は、飯の残りを猛然と食べた。


久蔵は茶を飲んだ。

大助は久蔵の前に畏《かしこ》まり、太市は背後に控えた。

「大助、縞の半纏を着た男に心当たりはあるか……」

久蔵は茶を置いた。

「えっ……」

大助は、戸惑いを浮かべた。

「縞の半纏を着た男だ」

久蔵は、大助を見据えた。

「は、はい……」

大助は、縞の半纏を着た掏摸を思い浮かべた。

「心当たりがあるのだな」

「はい……」

「どのような者だ」

「今日、学問所の帰り、掏摸騒ぎに出遭いまして、その騒ぎの掏摸が縞の半纏を着ていましたが……」

大助は告げた。

「太市……」

「おそらく、その掏摸かと……」

太市は頷いた。

「やはり、大助絡みか……」

「えっ……」

大助は困惑した。

「して、太市、その掏摸は、大助の様子を窺って立ち去ったのだな」

「はい。手前にはそう見えました」

太市は頷いた。

「えっ。掏摸が屋敷に来たのですか……」

「はい。大助さまがお帰りになった直後に現れました。どうやら、大助さまの後を尾行て来たものかと……」

太市は告げた。

「おのれ……」

大助は、空腹に気を取られ、尾行に気が付かなかった己を恥じた。

「大助、心当たりはあるか……」

久蔵は、大助を見据えた。

「はい。その掏摸、どうやら私の腰に結んだ書籍入りの風呂敷包みの間に、中年の武士から掏った此の紙入れを隠したようなのです」

大助は、紺色の紙入れを久蔵に差し出した。

「掏り取った紙入れか……」

「はい……」

大助は頷いた。

久蔵は、紺色の紙入れの中を検めた。

「小判が一枚、鼻紙、赤い紙に包まれた粉薬が二つ……」

「はい……」

大助は、喉を鳴らして頷いた。

久蔵は、赤い薬包紙を開き、中の粉薬を鋭い眼差しで検めた。

大助と太市は見守った。

「どうやら毒薬のようだな」

久蔵は睨んだ。

「毒薬……」

大助は、眼を丸くした。

「うむ。大助、此の紙入れを掏られたのは中年の武士だと申したな」

「はい。羽織袴姿の……」

「羽織袴の中年武士か……」

「はい……」

「太市、どうやら縞の半纏を着た掏摸は、羽織袴の中年武士の紙入れに毒薬が入っていると知って掏り取ったようだな」

久蔵は読んだ。

「はい。そして、掏摸が気が付かれ、咄嗟に大助さまの腰の風呂敷包みの間に紙入れを隠して逃れた……」

太市は読んだ。

「そして、大助を尾行て素性を突き止め、毒薬を取り戻すつもりか……」

「きっと……」

太市は頷いた。

「じゃあ、縞の半纏を着た掏摸、明日にでも近付いて来ますか……」

大助は眉をひそめた。

「おそらくな。そして、肝心なのは毒薬を持っていた羽織袴の中年武士が何者で、何の為に毒薬を持っていたのか。そして、掏摸はどのような拘わりで毒薬を掏ったのかだ」

久蔵は、厳しさを滲ませた。

「はい。どうやら、只の掏摸騒ぎではないようですね……」

太市は睨んだ。

「うむ。よし、太市、大助。ひょっとしたら曲者が忍び込むかもしれぬ。与平を母屋に移し、交代で見張るのだ」

久蔵は、万が一に備えて命じた。

「はい……」

太市と大助は、喉を鳴らして頷いた。

「母屋は私が引き受けた」

久蔵は、不敵な笑みを浮かべた。

二

八丁堀の組屋敷街には、南北両町奉行所に出仕する与力や同心が行き交った。

秋山屋敷に忍び込む者はいなかった。

太市は、いつも通りに秋山屋敷の表門を開け、それとなく辺りを窺いながら門前の掃除を始めた。

縞の半纏を着た掏摸や不審な者は、辺りに見えなかった。

太市は、掃除を済ませて表門を閉め、表に掏摸や不審な者がいない事を久蔵に報せた。


「ならば、大助を使うしかないか……」

久蔵は苦笑した。

「旦那さま、大助さまに危ない真似をさせるのは……」

太市は眉をひそめた。

「心配するな太市。大助を先ずは両国橋の袂で托鉢をしている雲海坊の処に行かせ、次に長八《ちょうはち》の藪十《やぶじゅう》を訪れさせ、掏摸を誘き出す。勿論、屋敷を出てからの大助は、太市に見守って貰う」

久蔵は告げた。

「分かりました。では、大助さまが長八さんの藪十を訪れるのを見届けて、手前は柳橋の親分に事の次第を……」

太市は告げた。

「うん。此奴に詳しく書いてある。柳橋に渡してくれ」

久蔵は、太市に書状を差し出した。

「心得ました」

太市は頷き、書状を受け取った。

「よし。ならば、大助を呼んでくれ」

久蔵は命じた。


秋山屋敷表門脇の潜り戸が開いた。

太市が現れ、八丁堀の組屋敷街を南茅場町《みなみかやばちょう》に向かった。

僅かな時が過ぎた。

大助が屋敷から出て来て、やはり南茅場町に向かった。


太市は、八丁堀北島町の地蔵橋の袂に潜み、大助の来るのを待った。

僅かな時が過ぎ、大助が通り過ぎて行った。

太市は、大助を尾行る者が現れるのを待った。

縞の半纏を着た掏摸は現れず、遊び人風の男や浪人が大助に続いて通り過ぎた。

縞の半纏を着た掏摸はいない。

尤《もっと》も掏摸が昨日と同じ縞の半纏を着ているとは限らない。

太市は読んだ。

かと云って、掏摸の顔をはっきりと覚えている訳でもない。

様々な人が通り過ぎた。

此の人たちの中に、大助を尾行る者がいるのかもしれない。

よし……。

太市は、往来に出て大助を追った。

大助は、南茅場町から西に曲がり、楓川に架かっている海賊橋を渡り、北に曲がって日本橋川に進む。そして、日本橋川に架かっている江戸橋を渡り、西堀留川沿いの米河岸を北に進み、大伝馬町《おおでんまちよう》の通りに出て両国広小路に向かう手筈だ。

太市は、大助と打ち合わせをした道筋を急いだ。

大助は、西堀留川沿いの米河岸を進み、道浄橋《どうじようばし》を渡って大伝馬町の通りに向かった。

大伝馬町の通りは、外濠から両国広小路を結んでおり、多くの人が行き交っていた。

大助は、大伝馬町の通りを東に曲がる時、それとなく縞の半纏を着た掏摸が尾行て来るかどうか背後を窺った。

しかし、縞の半纏を着た掏摸の姿は見当たらなく、遊び人風の男、浪人、お店者、行商人などが続いて来ているだけだった。

大助は、両国広小路に向かった。

両国広小路は見世物小屋や露店が連なり、多くの人々で賑わっていた。

大助は、広小路の雑踏を横切って両国橋の西詰に進んだ。

両国橋の西詰には露店が並び、その端で雲海坊が托鉢をしていた。

大助は、饅頭笠を被って経を読む雲海坊の前に進み出た。

雲海坊は、大助に気が付いて笑みを浮かべて経を止めようとした。

「雲海坊さん、私を尾行て来ている者はいませんか……」

大助は、雲海坊の頭陀袋《ずだぶくろ》にお布施を入れながら囁いた。

雲海坊は笑みを消し、経を読みながら大助の背後を見廻した。

大助の背後には多くの人が行き交い、尾行て来ているような者は分からなかった。

雲海坊は、経を読みながら僅かに首を横に振った。

「分かりました。藪十に行きます」

大助は囁き、会釈をして雑踏の中を柳橋に向かった。

雲海坊は、大助に続く者を捜した。


大助は、雲海坊の処から柳橋に向かった。

太市は、大助を追う者を捜した。

遊び人風の男が物陰から現れ、柳橋に向かう大助に続いた。

彼奴か……。

太市は睨み、遊び人風の男を追った。

雲海坊が托鉢を止め、遊び人風の男に続いた。


蕎麦屋『藪十』は、神田川に架かっている柳橋の手前にあった。

大助は、柳橋の向こうにある船宿『笹舟』を見ながら蕎麦屋『藪十』の暖簾を潜った。

「いらっしゃい……」

清吉の威勢の良い声が大助を迎えた。

「邪魔をします、清吉さん」

大助は、蕎麦屋『藪十』に入り、腰高障子を後ろ手に閉めた。

「こりゃあ、大助さま。親方、大助さまがお見えですよ」

清吉は、板場にいる長八に報せた。

「何、大助さまだと……」

長八が板場から現れ、老顔を綻《ほころ》ばせた。

「今日は、長八さん。せいろを二枚、いや、三枚下さい」

大助は、嬉し気に注文した。

遊び人風の男は、蕎麦屋『藪十』を窺っていた。

太市は、物陰から見守った。

「おう、太市……」

雲海坊が背後に現れた。

「雲海坊さん……」

「彼奴か、大助さまを尾行ている野郎は……」

雲海坊は、遊び人風の男を示した。

「はい。どうやらそのようです」

「で、どうする」

「秘かに身柄を押さえろと、旦那さまが……」

太市は、緊張を滲ませた。

「よし、手伝うぜ」

雲海坊は笑った。

「ありがたい……」

「じゃあ、捕まえて藪十に連れ込むか……」

「はい……」

太市は頷いた。

「ならば、拙僧が……」

雲海坊は、経を読みながら蕎麦屋『藪十』を窺う遊び人風の男に近付いた。

太市が続いた。

遊び人風の男は、経を読みながら近付いて来る雲海坊を怪訝に見た。

刹那、雲海坊は遊び人風の男の鳩尾《みぞおち》を錫杖で鋭く突いた。

遊び人風の男は、息を飲んで気を失った。

太市が崩れ落ちる遊び人風の男を担ぎ、一気に蕎麦屋『藪十』に走った。

雲海坊が続き、蕎麦屋『藪十』の腰高障子を開けた。

太市は、気を失った遊び人風の男を担ぎ込んだ。

長八、清吉、せいろ蕎麦を手繰《たぐ》っていた大助は振り返った。

「お邪魔します。長八さん……」

太市は、気を失っている遊び人風の男を床に下ろした。

雲海坊は、後ろ手に腰高障子を閉めた。

「清吉、表だ……」

長八は命じた。

「承知……」

清吉は、表に不審な者がいないか見定めに板場の裏口から走り出て行った。

「大助さま、此奴ですか、昨日の掏摸は……」

太市は、大助に尋ねた。

「は、はい……」

大助は、遊び人風の男の顔を覗いた。

遊び人風の男は、縞の半纏を着た掏摸に間違いなかった。

「間違いありません。此奴です、昨日の掏摸は……」

大助は、喉を鳴らして見定めた。

「やっぱり……」

太市は頷いた。

清吉が、幸吉と勇次を連れて来た。

「親分。旦那さまから預かって来ました」

「大助さま、太市……」

太市は、幸吉に久蔵の書状を差し出した。

「秋山さまから……」

幸吉は、太市から渡された久蔵の書状に素早く眼を通した。

「よし。勇次、清吉、此奴を縛り上げて裏の納屋に放り込め」

幸吉は命じた。

「承知……」

勇次と清吉は、素早く掏摸を縛り上げて裏の納屋に連れ去った。

「じゃあ、あっしは旦那さまに報せに……」

太市は告げた。

「太市さん、俺が行きます」

「大助さまが……」

「ええ。走るのは俺の方が速いですから……」

大助は笑った。

「でしたら、猪牙舟を出します。雲海坊、大助さまをお糸の処に……」

幸吉は告げた。

「承知。じゃあ、大助さま……」

雲海坊は、大助を伴って蕎麦屋『藪十』から出て行った。

「じゃあ、太市。詳しく聞かせて貰おうか……」

幸吉は、太市を促して座った。

蕎麦屋『藪十』の納屋は薄暗く、勇次と清吉が縛り上げた掏摸を見張っていた。

板戸が開き、駆け付けた久蔵が幸吉、太市、大助を従えて入って来た。

「秋山さま……」

勇次と清吉は、久蔵に挨拶をした。

「おう。造作を掛けるな」

「いいえ……」

「さあて、名前を聞かせて貰おうか……」

久蔵は、掏摸に笑い掛けた。

掏摸は、恐怖に激しく震えた。

「素直に云うのが身の為だぜ」

幸吉は、掏摸を見据えて云い聞かせた。

「う、宇吉《うきち》です」

掏摸は、声を緊張に引き攣らせた。

「宇吉か……」

「はい……」

「宇吉、昨日、本銀町の通りで武士の紙入れを掏り取ったな」

「はい……」

宇吉は、観念したのか素直に頷いた。

「紙入れに何が入っているのか、知っての所業か……」

「いえ。知りません。只、あの侍の紙入れを掏り取れと頼まれて……」

「頼まれた。何処の誰にだ……」

久蔵は、厳しく見据えた。

「夏目左門《なつめさもん》って浪人です」

「夏目左門……」

久蔵は眉をひそめた。

「はい……」

「何者だ……」

「さあ……」

「ならば、家は何処だ」

「素性も家も知りません。馴染の小料理屋で逢うだけです」

「嘘偽りはないな……」

「はい。本当です」

「馴染の小料理屋は何処の何て店だ」

幸吉は訊いた。

「上野新黒門町《しんくろもんちょう》のお染《そめ》って小料理屋です」

「上野新黒門町のお染だな……」

幸吉は念を押した。

「はい……」

「して宇吉、上野新黒門町のお染で、浪人の夏目左門に何と頼まれたのだ」

「三味線堀に屋敷のある旗本牧野《まきの》京太夫《きょうだゆう》さまの家来の桑田秀一郎《くわたしゅういちろう》の紙入れを掏り取ってくれと……」

「牧野京太夫家中の桑田秀一郎か……」

「はい。で、夏目さんが町医者の家から出て来た中年の侍を桑田と見定め、あっしが……」

「尾行廻して本銀町で掏ったのだな」

「はい。ですが、気が付かれて追われ、あの若いお侍の腰の風呂敷包みの間に……」

宇吉は、大助を一瞥して告げた。

「で、その場を切り抜け、何とか取り戻そうと若い侍を尾行たか……」

久蔵は苦笑した。

「はい……」

宇吉は項垂れた。

「宇吉、桑田秀一郎の紙入れに何が入っていたか知っているか……」

「いいえ……」

「毒薬だ……」

「毒薬……」

宇吉は、眼を瞠って驚いた。

どうやら嘘はない……。

久蔵は見定めた。

「よし。柳橋の、宇吉を大番屋に引き立てろ」

「心得ました。勇次、清吉……」

久蔵は指示した。

「はい……」

勇次と清吉は、宇吉を引き立てて納屋から出て行った。

「さあて、浪人の夏目左門と旗本牧野京太夫の家来の桑田秀一郎か……」

「秋山さま、牧野家の中で何かが起こっているのかもしれませんね」

幸吉は読んだ。

「うむ。柳橋の、牧野家と家来の桑田秀一郎は俺が調べてみる。浪人の夏目左門を頼む」

「心得ました」

幸吉は頷いた。

「秋山さま、店でちょいと一息入れて行って下さい……」

長八が笑顔を見せた。

「おう。長八、そうさせて貰おうか……」

久蔵は笑った。


幸吉は、雲海坊や新八と上野新黒門町の小料理屋『お染』に急いだ。

久蔵は、大助を屋敷に帰し、太市を伴って三味線堀にある牧野屋敷に向かった。

旗本三千石牧野京太夫の屋敷は、浅草三味線堀の東側にあった。

久蔵は、太市を聞き込みに走らせ、三味線堀の北側に甍《いらか》を連ねる旗本屋敷を訪れた。

久蔵は、応対に出た旗本屋敷の下男に名を告げ、主の坂本内蔵助《さかもとくらのすけ》に取次を頼んだ。

旗本坂本内蔵助は三百石取りの小普請組であり、久蔵の学問所時代からの友だった。

下男は直ぐに駆け戻り、久蔵を座敷に誘って茶を出した。

「おう。久蔵、久し振りだな」

屋敷の主の坂本内蔵助がやって来た。

「達者にしていたか、内蔵助……」

久蔵は笑った。

「見ての通りだ。して、どうした」

坂本は、久蔵に怪訝な眼を向けた。

「うむ。野暮用があってな……」

久蔵は苦笑した。

「野暮用……」

「ああ。内蔵助、三味線堀の東側に屋敷のある牧野京太夫を知っているか……」

久蔵は尋ねた。

「牧野京太夫か、いろいろ噂がある家だな」

「いろいろ噂がある……」

「うむ。確か主の京太夫、半年程前から病で寝込んでな。嫡男は未だ幼く、部屋住みの弟が家督を継ぐかどうか、いろいろ揉めているって噂だぜ」

坂本は苦笑した。

「家督争いか……」

久蔵は眉をひそめた。

「ま。そんな処だな……」

坂本は頷いた。

「幼い嫡男と部屋住みの弟か……」

「うむ……」

「処で牧野家家中に桑田秀一郎と云う家来がいるのだが、知っているか……」

「桑田秀一郎……」

「うむ……」

「さあて、知らぬな……」

坂本は首を捻った。

「そうか……」

久蔵は頷いた。

久蔵は、内蔵助に見送られて坂本屋敷を後にした。

「旦那さま……」

太市が駆け寄った。

「何か分かったか……」

久蔵は尋ねた。

「はい。牧野屋敷界隈の旗本屋敷の奉公人に聞き込んだのですが、牧野家に桑田秀一郎って家来はいるそうです」

太市は告げた。

「いたか……」

「はい……」

「して、どのような者だ」

「はい。お役目は勝手方で余り目立たない人だそうです」

「目立たないか……」

「はい。中間小者や台所の奉公人に対し、偉ぶったり怒鳴ったりする事もなく、物静かな人柄だとか……」

「そうか。して太市、周囲の屋敷の奉公人たちは、牧野家の家督争いを知っていたか……」

「ええ。噂として……」

太市は眉をひそめた。

「そうか。して、桑田秀一郎、幼い嫡男方か、それとも部屋住み方のどちらなのかな……」

久蔵は訊いた。

「そこ迄、知っている者はおりませんでした」

「いなかったか……」

「はい……」

太市は頷いた。

「さあて、桑田秀一郎、どちら側に付いて毒薬を手に入れたのか……」

久蔵は、楽し気な笑みを浮かべた。

三

下谷広小路は、東叡山寛永寺《とうえいざんかんえいじ》や不忍池弁財天の参拝客で賑わっていた。

上野新黒門町は下谷広小路の南にあり、小料理屋『お染』は裏通りにあった。

幸吉は、雲海坊と物陰から小料理屋『お染』を眺めた。

小料理屋『お染』は、腰高障子を開けて店内の掃除をしていた。

「親分……」

新八が駆け寄って来た。

「分かったか……」

「はい。お染は主で板前の義平《ぎへい》と娘で女将のおつるの二人でやっているそうです」

新八は、自身番で訊いて来た事を報せた。

「義平におつるか……」

「はい……」

新八は、腰高障子を開けて店内の掃除をしている若い女将を眺めた。

「よし。雲海坊、俺と新八は、義平とおつるにそれとなく宇吉と浪人の夏目左門について探りを入れてみる。お前は此処で待っていてくれ」

幸吉は告げた。

「承知。じゃあ……」

雲海坊は、物陰に立ち去った。

「行くよ。新八……」

「はい……」

幸吉は、新八を従えて小料理屋の『お染』に向かった。

小料理屋『お染』は、女将のおつるが店内の掃除をしていた。

「やあ。ちょいと邪魔するよ。あっしは柳橋の幸吉。こっちは新八……」

幸吉は、おつるに懐の十手を見せた。

「これは柳橋の親分さん。何か……」

おつるは、戸惑いを浮かべて掃除をする手を止めた。

「うん。ちょいと訊きたいのだが、宇吉って奴を知っているね」

「えっ、ええ。時々お見えになるお客さまですが……」

おつるは眉をひそめた。

知っている……。

幸吉は、おつるが宇吉を掏摸だと知っていると睨んだ。

「そうか。で、宇吉、お染で親しくしているお客はいないかな」

幸吉は、おつるを見詰めた。

「さあ。宇吉さん、いつも半刻ぐらいしかいませんから、親しくしているお客さまは……」

おつるは首を捻った。

「いないか……」

「ええ。知りません……」

おつるは頷いた。

「どうした、おつる……」

主の義平が、板場から出て来た。

「あっ、お父っつあん、こちらは柳橋の親分さんでね。宇吉さんの事をお訊きにお見えなんですよ」

「こりゃあ、柳橋の親分さんですか、宇吉さんが何か……」

義平は、幸吉に探る眼を向けた。

「うん。他人様の懐を狙ってお縄になってね」

幸吉は苦笑した。

「お縄に……」

義平とおつるは、思わず顔を見合わせた。

「ええ。それで、掏摸仲間の割出しを急いでいてね。親しくしている者を知らないかな」

幸吉は尋ねた。

「さあ……」

義平は首を捻った。

「そうか、知らないか……」

幸吉は眉をひそめた。

幸吉と新八は、義平とおつるに見送られて小料理屋『お染』を後にした。

義平とおつるは、幸吉と新八に頭を下げて腰高障子を閉めた。

「義平とおつる、何か隠していますね」

新八は眉をひそめた。

「うん。おそらく、義平かおつるのどっちかが動くだろう。雲海坊と行く先を突き止めろ」

幸吉は、物陰にいる雲海坊を示した。

「承知。じゃあ……」

新八は、雲海坊のいる物陰に向かった。


三味線堀に微風が吹き抜け、水面に小波が走った。

太市は、大名家江戸下屋敷の門番所の格子窓から向かいにある牧野屋敷を見張っていた。

牧野屋敷に人の出入りは少なく、静けさに覆われていた。

「何と云っても、殿さまが長患いで寝込んでいるし、いろいろあってね。薄暗く沈んでいるのは仕方がないさ……」

老下男は、牧野家に同情した。

「そうですねえ……」

太市は、窓から牧野屋敷を窺った。

牧野屋敷の表門脇の潜り戸が開き、羽織袴の中年武士が出て来た。

「あっ。あのお侍が桑田秀一郎さまだよ」

老下男は告げた。

「そうですか、助かりました。じゃあ……」

太市は、老下男に礼を云って門番小屋を出て桑田秀一郎を追った。

牧野屋敷を出た桑田秀一郎は、向柳原の通りを神田川に架かっている新シ橋《あたらしばし》に向かった。

太市は尾行た。

「太市さん……」

勇次と清吉が、駆け寄って来た。

「おう。勇次、清吉……」

「誰ですか……」

勇次は、新シ橋を渡って行く桑田を示した。

「宇吉に毒薬を掏り取られた牧野家の家来の桑田秀一郎だ」

太市は、桑田を見据えて告げた。

「あいつが桑田ですか。分かりました、あっしたちが尾行ます。後から来て下さい」

勇次と清吉は、尾行を引き継いだ。

「頼む……」

太市は、桑田の尾行を勇次と清吉に任せて後に下った。

桑田は、神田川に架かっている新シ橋を渡り、柳原通りを神田八つ小路に進んだ。

勇次と清吉が尾行し、太市が続いた。


雲海坊と新八は、小料理屋『お染』を見張り続けた。

小料理屋『お染』からおつるが現れ、辺りを警戒しながら前掛けを外し、下谷広小路に向かった。

「雲海坊さん……」

「追ってみな。俺は親父を見張る」

「承知……」

新八は、雲海坊を残しておつるを追った。

下谷広小路は賑わっていた。
おつるは、下谷広小路の東側の道を山下に足早に進んだ。
新八は尾行た。
東側の道は、賑わう下谷広小路とは違って足早に進むのは容易だった。
山下に出たおつるは、入谷に進んだ。
新八は追った。

入谷鬼子母神《きしもじん》の境内では、幼い子供たちが楽しそうに遊んでいた。
おつるは、賑やかな鬼子母神の前を通り抜け、小さな古寺の山門を潜った。
新八は、山門に走って境内を覗いた。

おつるは、狭い境内を横切って本堂の裏に廻って行った。
新八は本堂に走り、縁の下伝いに裏に廻った。
本堂の裏には茂みがあり、その向こうに小さな古い家作があった。
新八は、茂みの陰から窺った。

小さな古い家作の座敷は障子が開け放たれ、戸口の方からおつると背の高い浪人がやって来たのが見えた。

新八は緊張した。

浪人は、掏摸の宇吉に桑田秀一郎の紙入れを掏り取るように頼んだ夏目左門なのかもしれない。

新八は読み、見守った。

おつるは、切迫した面持ちで浪人に何事かを話していた。

浪人は、厳しい面持ちでおつるの云う事を聞いていた。

おつると浪人の話し声は聞こえなかった。

おそらく、宇吉がお縄になった事を報せているのに間違いない。

新八は読んだ。

僅かな刻が過ぎ、浪人は刀を取った。

出掛ける……。

新八は、茂みの陰から縁の下沿いを急いで境内に戻った。

浪人とおつるは、小さな古寺を出て鬼子母神に向かった。

木陰から新八が現れ、浪人とおつるを追った。

浪人とおつるは、鬼子母神の前を通って山下に進んだ。そして、浪人は下谷広小路に向かうおつるを見送り、浅草の新寺町《しんてらまち》に進んだ。

おつるは、おそらく上野新黒門町の小料理屋『お染』に戻るのだ。

よし……。

新八は、浪人を追った。

日本橋室町三丁目の浮世小路に、『本道医山之内伯道』の看板を掛けた家があった。

桑田秀一郎が訪れ、四半刻（三十分）が過ぎていた。

太市、勇次、清吉は、桑田が入った『本道医山之内伯道』の家を見張っていた。

「本道医山之内伯道か……」

勇次は眉をひそめた。

「桑田、掏られた毒薬、此処で買ったのかもしれないな」

太市は読んだ。

「ええ。で、又買いに来たのかも……」

勇次は頷いた。

「太市さん、勇次の兄貴……」

清吉は、『本道医山之内伯道』の家から出て来た桑田秀一郎を示した。

「あっしと清吉が追います」

勇次は告げた。

「じゃあ、俺は桑田が何しに来たのか、山之内伯道の先生に確かめるよ」

太市は告げた。

「承知……」

勇次は、清吉を促して日本橋の通りに向かう桑田秀一郎を追った。

太市は見送り、『本道医山之内伯道』の家に向かった。


浪人は、新寺町から武家屋敷街に進み、三味線堀に向かった。

新八は、慎重に尾行た。

三味線堀には牧野京太夫の屋敷がある。

浪人は、牧野屋敷に行くのかもしれない。

新八は読み、浪人を尾行た。

浪人は、武家屋敷の連なりを進み、三味線堀の端に佇んだ。

新八は、佇んだ浪人の視線の先を追った。

浪人は、或る旗本屋敷を眺めていた。

三味線堀の旗本屋敷となると、牧野京太夫の屋敷なのか……。

新八は読み、浪人を見守った。

下男が、旗本屋敷から箒《ほうき》を持って出て来た。

「宗助《そうすけ》……」

浪人は、掃除を始めようとした下男に声を掛けた。

下男は立ち止まり、浪人に気が付いて笑みを浮かべた。

「夏目さま……」

下男は、浪人を夏目と呼んで駆け寄った。

「やあ……」

浪人と下男は、土塀の陰で話を始めた。

浪人は、やはり夏目左門だった。

新八は知った。

柳原通りは多くの人が行き交っていた。

桑田秀一郎は、柳原通りを両国に向かった。

勇次と清吉は、慎重に尾行た。

途中、神田川に架かっている新シ橋を渡れば向柳原であり、三味線堀に出る。

毒薬を買い直して三味線堀の牧野屋敷に帰るのか……。

勇次は読み、清吉と共に桑田を追った。

夏目左門は、牧野家下男の宗助と別れて向柳原の通りに出た。

新八は追った。

夏目は、向柳原通りを神田川に架かる新シ橋に向かった。そして、新シ橋の袂に差し掛かった時、素早く物陰に隠れた。

どうした……。

新八は立ち止まり、新シ橋を見た。

新シ橋を羽織袴の中年武士が渡って来た。

そして、背後に勇次と清吉の姿が見えた。

新八は見守った。

夏目が物陰から現れ、羽織袴の中年武士の前に立ち塞がった。

羽織袴の中年武士は、思わず身を翻そうとした。

「動くな……」

夏目は一喝した。

羽織袴の中年武士は凍て付いた。

「桑田、動けば斬り棄てる……」

夏目は、刀の柄を握って抜き打ちの構えを取り、桑田と呼んだ羽織袴の中年武士に静かに近付いた。

「な、夏目……」

桑田は、嗄れ声を引き攣らせた。

「掏られたのに懲りず、又毒薬を買って来たのなら、渡して貰おう」

夏目は、桑田に迫った。

「知らぬ。毒薬など知らぬ……」

桑田は後退《あとずさ》りした。

「渡さねば斬る……」

夏目は、桑田を見据えて刀の鯉口《こいぐち》を切った。

「夏目、勘弁してくれ。今度もしくじったら、私もお前のように牧野家にいられなくなる」

桑田は声を震わせた。

「黙れ、桑田。私は役目をしくじった訳ではない……」

夏目は苦笑した。

「夏目……」

「桑田、大人しく毒薬を渡して貰おう……」

夏目は迫った。

「わ、分かった……」

桑田は、懐から袱紗を出して開いた。

袱紗の中には、赤い薬包紙に包まれた毒薬が二つあった。

夏目は、赤い薬包紙に包まれた毒薬に手を伸ばした。

次の瞬間、桑田は刀を抜き、雄叫びを上げて夏目に斬り掛かった。

刹那、夏目は踏み込みながら抜き打ちの一刀を放った。

夏目と桑田は交錯した。

「な、夏目……」

桑田は、苦し気に顔を歪め、脇腹を血に染めて倒れた。

呼子笛が鳴り響いた。

夏目は、赤い薬包紙に包まれた毒薬を素早く拾った。

勇次と清吉が、呼子笛を吹き鳴らしながら駆け寄って来た。

夏目は、身を翻して逃げた。


「清吉、医者に診せろ」

勇次は、清吉に怒鳴って新シ橋を渡り、夏目を追った。

「勇次の兄貴……」

新八が現れ、勇次に並んだ。

「新八……」

「奴は夏目左門です」

新八は、勇次と夏目を追いながら報せた。

「よし……」

勇次と新八は、夏目を追った。

神田川は夕陽に煌めいた。

清吉は、駆け付けた者たちと斬られた桑田を町医者に担ぎ込み、木戸番に船宿『笹舟』に使いを頼んだ。

報せを受けた幸吉は、久蔵の許に由松を走らせ、桑田が担ぎ込まれた町医者の家に急いだ。


入谷鬼子母神は夕暮れに覆われ、家々は明かりを灯し始めた。

夏目左門は、小さな古寺の本堂裏の家作に入って明かりを灯した。

勇次と新八は見届けた。

「新八、俺が見張る。此の事を親分に報せろ」

勇次は命じた。

「承知、じゃあ……」

新八は、勇次を残して走った。


医者に担ぎ込まれた桑田秀一郎は、昏睡状態で生死の境を彷徨《さまよ》っていた。

「清吉、斬ったのは誰だ」

幸吉は尋ねた。

「桑田は夏目って呼んでいました……」

「夏目左門か……」

「きっと。で、夏目は桑田から赤い薬包紙の毒薬を奪って逃げ、勇次の兄貴と新八が追いました」

「そうか……」

夏目左門は何をしようとしているのか……。

幸吉は眉をひそめた。

「親分……」

由松が、久蔵を誘って来た。

「桑田秀一郎が斬られたそうだな」

久蔵は尋ねた。

「はい。どうやら桑田が又毒薬を買い、夏目左門が襲ったようです」

「夏目左門か……」

「はい。で、勇次と新八が追っています」

「うむ。して、桑田の具合はどうなのだ」

久蔵は眉をひそめた。

「お医者の話では、辛《かろ》うじて急所を外れておりますが、助かるかどうかは未だ……」

清吉は報せた。

「そうか。桑田、又毒を買ったのか……」

「はい。で、夏目が奪い取ったようです」

「うむ。して、桑田が夏目に斬られた事を牧野屋敷に報せたのか……」

「いいえ、未だ……」

幸吉は、首を横に振った。

「そいつを知り、牧野家家中の者共がどう動くかな……」

久蔵は、思いを巡らせた。

「はい。毒薬を奪い返そうと、夏目に討手《うって》を掛けるのは、幼い若さま方か、部屋住みの弟方か……」

幸吉は読んだ。

「それによって、誰が誰に毒薬を盛ろうとしているのか分かるか……」

久蔵は、冷笑を浮かべた。

「親分、秋山さま……」

新八が、船宿『笹舟』で幸吉の行き先を聞いてやって来た。

「おう。夏目の行き先、突き止めたか……」

「はい。入谷の古寺の家作に。勇次の兄貴が見張っています」

新八は告げた。

「よし。柳橋の。桑田が夏目に斬られ、何かが奪われたと牧野屋敷に報せてやるのだな」

久蔵は、不敵な笑みを浮かべた。

四

幸吉は新八を伴い、三味線堀の牧野屋敷に赴き、家中の桑田秀一郎が斬られた事を取次の家来に告げた。

取次の家来は、幸吉と新八を待たせて用人の加山総兵衛《かやまそうべえ》に報せた。

用人の加山総兵衛は驚き、幸吉と新八の許に駆け付けた。

「用人の加山総兵衛だ。家中の桑田秀一郎が斬られた一件、詳しく教えてくれ」

加山は、僅かに狼狽え緊張していた。

「は、はい……」

幸吉は、戸惑いを装って腹の内で笑った。

「桑田を斬ったのは誰だ……」

「確か、夏目とか云う浪人です」

「夏目、夏目左門か……」

「はい……」

「そうか。して、夏目は桑田を斬って何かを奪ったのかな」

「はい。おそらく何かを……」

幸吉は頷いた。

「そうか。良く分かった。御苦労だったな」

加山は幸吉を労い、屋敷に戻って行った。

「では、あっしたちは此れで……」

幸吉は、新八を促して立ち去ろうとした。

「待て……」

若い武士が家来を従えて来た。

幸吉は、怪訝な面持ちで立ち止まった。

「儂は牧野家主京太夫の弟京之介《きょうのすけ》だ。桑田秀一郎が夏目左門に斬られたのは本当か」

京之介は、厳しい面持ちで幸吉を見据えた。

「はい。そして、夏目は何かを奪い取ったと思われます」

幸吉は告げた。

「おのれ……」

京之介は、怒りを滲ませて立ち去った。

幸吉は、苦笑して見送った。

幸吉と新八は、牧野屋敷から出て来た。

「親分……」

闇から由松が現れた。

「おう……」

「こっちです」

由松は、三味線堀の堀端に幸吉と新八を誘った。

「御苦労だったな……」

　堀端には久蔵がいた。

「いいえ……」

「して、分かったか……」

「はい。どうやら、桑田秀一郎は部屋住みの京之介の指図で毒薬を調達しており、夏目左門は幼い若さまの為に働いているようです」

　幸吉は、己の睨みを告げた。

「そうか……」

　久蔵は頷いた。

「秋山さま、親分……」

　牧野屋敷を見張っていた新八が呼んだ。

「どうした……」

「家来たちが出掛けます」

　新八は、牧野屋敷から四人の家来が出掛けて行くのを示した。

「京之介の配下ですかね」

幸吉は読んだ。

「おそらく、夏目の許に行くのだろう。私は奴らを追う。柳橋は此処を頼む……」

久蔵は命じた。

「心得ました。由松、お供をしな……」

「承知……」

由松は頷き、久蔵と共に家来たちを追った。

幸吉と新八は見送り、牧野屋敷の見張りに就いた。


牧野屋敷を出た四人の家来は、新寺町に進んだ。

久蔵と由松は尾行た。

「此の道筋だと、行き先は入谷ですかね」

由松は読んだ。

「うむ。きっとな……」

久蔵は頷いた。

新寺町を北に抜けると浅草田圃《たんぼ》になり、入谷に近い。

四人の家来は、新寺町を足早に抜けて入谷に向かった。
読みの通りだ……。
久蔵と由松は追った。

小さな古寺は暗く寝静まっていた。
勇次は、本堂の縁の下に潜んで裏の家作を見張っていた。
家作の障子には明かりが映えていた。
山門の軋みが微かにした。
勇次は、境内の向こうの山門を見た。
四人の武士が山門から入って来た。
牧野家の家来か……。
勇次は睨んだ。
四人の家来は、本堂の裏に廻って家作に忍び寄った。
何だ……。
勇次は、本堂の縁の下から窺った。
四人の家来は、明かりの映えている家作の座敷を取り囲んだ。

勇次は見守った。

着流しの武士と町方の男が、縁の下の横手にやって来た。

見覚えのある足取り……。

勇次は、足取りの主が久蔵と由松だと見定めて縁の下を出た。

久蔵が振り返った。

「秋山さま、由松さん……」

勇次は会釈をした。

「勇次。夏目はいるのだな」

「はい。奴らは牧野家の……」

「うむ……」

久蔵は頷き、鋭い眼差しで座敷を囲む四人の家来を窺った。

牧野家の四人の家来は、刀を抜いた。

次の瞬間、家作の座敷の明かりが消えた。

四人の家来は狼狽えた。

刹那、座敷の障子が開き、夏目左門が現れて濡れ縁を蹴って跳んだ。

四人の家来は怯んだ。

夏目は、庭に着地するなり抜き打ちの一刀を閃《ひらめ》かせた。

二人の家来が斬り結ぶ事もなく、肩や脚を斬られて蹲った。

夏目は、残る二人の家来を見廻した。

二人の家来は、刀を構えて後退りした。

「京之介さまの手の者か……」

夏目は、薄笑いを浮かべた。

「だ、黙れ……」

二人の家来は、声を震わせて猛然と夏目に斬り掛かった。

夏目は、先頭の家来の刀を打ち払って踏み込み、二人目の家来に鋭く斬り付けた。

二人目の家来は腕を斬られ、刀を落として後退した。

夏目は、残る一人の家来に刀を突き付けた。

残る家来は怯んだ。

「毒薬を桑田に用意させ、病で寝込む殿に盛り、牧野家の家督を乗っ取る外道の企み、見逃しはしない。京之介に首を洗って待っていろと伝えるが良い」

夏目は嘲笑した。

四人の家来は悔し気に顔を歪め、助け合って逃げた。

夏目は、濡れ縁に立って見送り、本堂の陰を鋭く見据えた。

「夏目左門か……」

本堂の陰から久蔵が現れた。

「おぬしは……」

夏目は、探る眼を向けた。

「南町奉行所吟味方与力の秋山久蔵……」

「秋山久蔵……」

「夏目、掏摸の宇吉に桑田秀一郎の紙入れを掏り取らせ、桑田を襲って毒薬を奪ったのは、その方だな……」

久蔵は、厳しく見据えた。

「如何にも。桑田は牧野家部屋住みの京之介に命じられて、長患いで寝込んでいる主京太夫さまに盛る毒薬の調達をしていた。その邪魔をした迄だ」

「事は旗本家の愚かな家督争いか……」

久蔵は苦笑した。

「左様。町奉行所のおぬしたちに咎められる謂れはない」

「どうやらそのようだが。おぬし、牧野家とはどのような拘わりなのだ」

「私は元牧野家家来、主京太夫さまの近習《きんじゅう》だった。だが、京太夫さまが病に倒れられた後、京之介に暇を出された者だ」

夏目は、己を嘲るような笑みを浮かべた。

「そして、今は元主の為に働いているか……」

久蔵は、小さく笑った。

「左様。御恩ある京太夫さまの為にな」

「忠義を尽くすか……」

久蔵は、夏目を見据えた。

「如何にも……」

夏目は頷いた。

「良く分かった。牧野家の家督争い、此れ以上の騒ぎにならずに済むと良いな」

久蔵は、笑みを浮かべて踵《きびす》を返した。

夏目は、その眼に厳しさを浮かべて見送った。

久蔵は、由松、勇次と山門を出て古寺を振り返った。

「忠義者ですか……」

勇次は感心した。

「本当にそうかな……」

由松は、皮肉っぽい笑みを浮かべた。

「由松さん……」

勇次は戸惑った。

「由松、そう思うか……」

久蔵は、由松に尋ねた。

「は、はい……」

由松は、緊張した面持ちで頷いた。

「そうか……」

久蔵は笑った。


翌日。

若い寺男が、入谷の古寺から足早に出掛けて行った。

由松と勇次は、木陰から見送った。

「動きますかね、夏目左門……」

勇次は、古寺の山門を見詰めた。

「ああ、秋山さまの見立てだ。必ず動く……」

由松は、薄く笑った。

三味線堀の牧野屋敷は表門を閉めていた。

潜り戸が開き、町医者が薬籠を提げた医生を従えて現れ、下男の宗助に見送られて帰って行った。

「長患いの殿さま、何処が悪いんですかね」

新八は、町医者たちを見送りながら雲海坊に尋ねた。

「聞いた処によると、卒中らしいな」

雲海坊は、牧野屋敷を眺めながら告げた。

「卒中ですか……」

新八は眉をひそめた。

僅かな刻が過ぎた。

若い寺男がやって来て、牧野家屋敷の潜り戸を叩いた。

潜り戸が開き、下男の宗助が顔を出した。

若い寺男は、宗助に手紙を差し出して何事かを告げた。

宗助は頷き、手紙を受け取った。

若い寺男は、会釈をして足早に立ち去った。

宗助は見送り、手紙を持って屋敷に戻って潜り戸を閉めた。

「一件に拘りのある手紙ですかね」

新八は眉をひそめた。

「もし、そうなら誰かが動くだろう」

雲海坊は睨んだ。

若い寺男が古寺に戻って来た。

「何処に行って来たんですかね」

「さあな……」

由松と勇次は、古寺を見張り続けた。

僅かな刻が過ぎた。

古寺から夏目左門が出て来た。

由松と勇次は見守った。

夏目左門は、辺りを油断なく窺って浅草に向かった。

「よし。行くか……」

「ええ……」

由松と勇次は、夏目を追った。


牧野屋敷の潜り戸が開いた。

部屋住みの牧野京之介が、二人の家来を従えて出て来た。

「雲海坊さん……」

新八は緊張した。

「ああ。追うよ」

雲海坊と新八は、新寺町に向かう京之介と二人の家来を追った。


隅田川には様々な船が行き交っていた。

夏目左門は、浅草寺《せんそうじ》境内の賑わいを横切って花川戸町《はなかわどちょう》に抜け、隅田川沿いの道に進んだ。

由松と勇次は追った。

夏目は、隅田川沿いの道に佇んだ。

由松と勇次は、物陰に潜んで見守った。

「よし。笹舟にいる秋山さまにお報せしろ」

由松は、勇次に指示した。

花川戸町と柳橋は、蔵前通りで結ばれていて遠くはない。

「承知。じゃあ……」

勇次は、柳橋の船宿『笹舟』に走った。

由松は、隅田川の岸辺に佇む夏目を厳しい面持ちで見張った
夏目は、隅田川から吹く風に鬢の解れ毛を揺らしていた。


牧野京之介と二人の家来は、新寺町に出て浅草に向かった。

雲海坊と新八は、慎重に尾行た。

新寺町に出た京之介と二人の家来は、浅草広小路の雑踏を進んで隅田川に架かっている吾妻橋《あづまばし》の西詰に出た。そして、花川戸町の隅田川沿いの道に進んだ。

雲海坊と新八は尾行た。

夏目左門は振り返り、眼を細めた。

由松は、夏目の視線を追った。

隅田川沿いの道を三人の武士がやって来た。

由松は見守った。

夏目は、冷ややかな笑みを浮かべてやって来る三人の武士を眺《なが》めた。

牧野家の者か……。

由松は読んだ。

三人の武士は、夏目と対峙《たいじ》するように立ち止まった。

「やあ……」

夏目は笑い掛けた。

「夏目、持って来たか……」

三人の先頭の武士は、夏目を睨んだ。

「ああ。京之介さまも持参しましたな」

夏目は苦笑した。

先頭の武士は京之介、牧野京之介なのだ……。

由松は知った。

「勿論だ。白崎《しろさき》……」

京之介は、背後の家来を促した。

白崎と呼ばれた家来が進み出て、懐から袱紗包みを出した。そして、袱紗包みの中の小判を見せた。

「二百両だ……」

「よし……」

夏目は、二つの赤い薬包紙の毒薬を出して見せた。

「一つ百両とはな……」

京之介は吐き棄てた。

「三千石を乗っ取るには、安い買い物だ」

夏目は笑い、白崎に毒薬を渡して二百両を受取った。

「忠義者面をしたお前に云われたくはないな」

京之介は吐き棄て、白崎から渡された毒薬を検めた。

「そうか。ではな……」

夏目は、二百両を懐に入れて京之介の傍を通り抜けようとした。

刹那、京之介は夏目に斬り付けた。

夏目は、咄嗟に抜き打ちの一刀を放った。

閃きが交錯した。

二人の家来は凍て付いた。

「おのれ……」

京之介は、腰から血を飛ばし、顔を歪めて倒れた。

「京之介さま……」

二人の家来は狼狽え、倒れた京之介に駆け寄った。

夏目は、嘲笑を浴びせて立ち去ろうとし、緊張を漲らせた。

着流しの久蔵が佇んでいた。

幸吉、由松、勇次、雲海坊、新八が現れた。

夏目は苦笑した。

「牧野京之介、早く医者に診せるのだな」

久蔵は、二人の家来に告げた。

「は、はい……」

二人の家来は、慌てて京之介の傷の血止めをして連れ去った。

「金で売り買い出来る忠義とはな……」

久蔵は苦笑した。

「今時の忠義など、所詮はそんなものだ」

夏目は嘲笑した。

「ならば、宇吉に掏摸を命じ、桑田秀一郎を斬って毒薬を奪った罪で同道して貰おう」

久蔵は、夏目を厳しく見据えた。

幸吉、雲海坊、由松、勇次、新八が得物を手にして取り囲んだ。

「さあて、出来るかな……」

夏目は、刀の柄を握り締めた。

久蔵は、夏目を見据えて間合いを詰めた。

夏目は、抜き打ちの一刀を放とうと腰を僅かに沈めた。

刹那、久蔵は白扇を鋭く投げ付けた。

夏目は、咄嗟に躱した。

勇次と新八が駆け寄り、目潰しを投げた。

目潰しは、夏目の顔に当たり白い粉を撒き散らした。

夏目は仰け反り、白い粉から逃れようとした。
久蔵が跳び掛かり、鋭い投げを打った。
夏目は、地面に激しく叩き付けられた。
幸吉が駆け寄り、倒れて踠く夏目を蹴り飛ばし、大小の刀を素早く奪い取った。
「お、おのれ……」
夏目は、慌てて立ち上がろうとした。
雲海坊が錫杖で足を打ち払った。
夏目は倒れた。
由松が馬乗りになって、鉄拳を嵌めた拳で殴り付けた。
夏目は、口から血を飛ばして気を失った。
勇次と新八が、気を失った夏目に捕り縄を打った。
「呆れた忠義者だ……」
久蔵は、夏目を冷ややかに見下ろした。
牧野京之介は、命を取り留めた。だが、腰を斬られて歩くのが不自由になった。
牧野家の家督は、幼い若さまが継ぐ事に決まった。

牧野屋敷は、何事もなかったかのように静けさに覆われた。
久蔵は、浪人の夏目左門を死罪に処した。
忠義者を装った外道は滅んだ……。

この作品は「文春文庫」のために書き下ろされたものです。

文春文庫

帰《かえ》り道《みち》

新《しん》・秋山久蔵御用控《あきやまきゅうぞうごようひかえ》（十六）

定価はカバーに
表示してあります

2023年5月10日　第1刷

著　者　藤井邦夫《ふじいくにお》
発行者　大沼貴之
発行所　株式会社　文藝春秋

東京都千代田区紀尾井町 3-23　〒102-8008
TEL　03・3265・1211(代)
文藝春秋ホームページ　http://www.bunshun.co.jp

落丁、乱丁本は、お手数ですが小社製作部宛お送り下さい。送料小社負担でお取替致します。

印刷製本・大日本印刷

Printed in Japan
ISBN978-4-16-792039-5

（　）内は解説者。品切の節はご容赦下さい。

藤井邦夫
恋女房
新・秋山久蔵御用控（一）

〝剃刀〟の異名を持つ南町奉行所吟味方与力・秋山久蔵が帰ってきた！　嫡男・大助が成長し、新たな手下も加わってスケールアップした、人気シリーズの第二幕が堂々スタート！

ふ-30-36

藤井邦夫
騙《かた》り屋《や》
新・秋山久蔵御用控（二）

可愛がっている孫に泣きつかれた呉服屋の隠居が金を用立ててやると、実はそれは騙りだった。どうやら年寄り相手に騙りを働く一味がいるらしい。久蔵たちは悪党どもを追い詰める！

ふ-30-37

藤井邦夫
裏切り
新・秋山久蔵御用控（三）

大工と夫婦約束をしていた仲居が己の痕跡を何も残さず姿を消した。太市は大工とともに女の行方を追い見つけたかに思えたが、彼女は見向きもしない。久蔵はある可能性に気づく。

ふ-30-38

藤井邦夫
返討ち
新・秋山久蔵御用控（四）

武家の妻女ふうの女が、名前も家もわからない状態で寺に保護されたが、すぐに姿を消した。女は記憶がない〝ふり〟をしているのではないか——。女の正体、そして目的は何なのか？

ふ-30-39

藤井邦夫
新参者
新・秋山久蔵御用控（五）

旗本を訪ねた帰りに柳河藩士が斬殺された。物盗りの仕業ではなく辻斬りか遺恨と思われた。だが藩では事件を闇に葬ろうとしている。はたして下手人は誰か、そして柳河藩の思惑は？

ふ-30-40

藤井邦夫
忍び恋
新・秋山久蔵御用控（六）

四年前に起きた賭場荒しの件で、江戸から逃げた主犯の浪人がどうやら戻ってきたらしい。しかも、浪人を追う男の影もちらついて……。久蔵の正義が運命を変える？　シリーズ第六弾。

ふ-30-41

（　）内は解説者。品切の節はご容赦下さい。

安部龍太郎
等伯（上下）
武士に生まれながら、天下一の絵師をめざして京に上り、戦国の世でたび重なる悲劇に見舞われつつも、己の道を信じた長谷川等伯の一代記を描く傑作長編。直木賞受賞。（島内景二）
あ-32-4

安部龍太郎
宗麟の海
信長より早く海外貿易を行い、硝石、鉛を輸入、鉄砲をいち早く整備。宣教師たちの助力で知力と軍事力を駆使して瞬く間に九州を制覇した大友宗麟の姿を描く歴史叙事詩。（鹿毛敏夫）
あ-32-8

安能　務
始皇帝　中華帝国の開祖
始皇帝は〝暴君〟ではなく〝名君〟だった!?　世界で初めて政治力学を意識し中華帝国を創り上げた男。その人物像に迫りつつ、現代にも通じる政治学を解きあかす一冊。（冨谷　至）
あ-33-4

浅田次郎
壬生義士伝《みぶぎしでん》（上下）
「死にたぐねえから、人を斬るのす」――生活苦から南部藩を脱藩し、壬生浪《みぶろ》と呼ばれた新選組で人の道を見失わず生きた吉村貫一郎の運命。第十三回柴田錬三郎賞受賞。（久世光彦）
あ-39-2

浅田次郎
一刀斎夢録（上下）
怒濤の幕末を生き延び、明治の世では警視庁の一員として西南戦争を戦った新選組三番隊長・斎藤一の眼を通して描き出される感動ドラマ。新選組三部作ついに完結！（山本兼一）
あ-39-12

浅田次郎
黒書院の六兵衛（上下）
江戸城明渡しが迫る中、てこでも動かぬ謎の武士ひとり。勝海舟や西郷隆盛も現れて、城中は右往左往。六兵衛とは一体何者か？　笑って泣いて感動の結末へ。奇想天外の傑作。（青山文平）
あ-39-16

あさのあつこ
燦《さん》**―1―　風の刃**《やいば》
疾風のように現れ、藩主を襲った異能の刺客・燦。彼と剣を交えた家老の嫡男・伊月。別世界で生きていた二人には隠された宿命があった。少年の葛藤と成長を描く文庫オリジナルシリーズ。
あ-43-5

あさのあつこ
火群《ほむら》のごとく
兄を殺された林弥は剣の稽古の日々を送るが、家老の息子・透馬と出会い、政争と陰謀に巻き込まれる。小舞藩を舞台に少年の友情と成長を描く、著者の新たな代表作。（北上次郎）
あ-43-12

青山文平
白樫の樹の下で
田沼意次の時代から清廉な松平定信の息苦しい時代への過渡期。いまだ人を斬ったことのない貧乏御家人が名刀を手にしたとき、何かが起きる。第18回松本清張賞受賞作。（島内景二）
あ-64-1

青山文平
つまをめとらば
去った女、逝った妻……瞼に浮かぶ、獰猛なまでに美しい女たちの面影は男を惑わせる。江戸の町に乱れ咲く、男と女の性と業。女という圧倒的リアル！　直木賞受賞作。（瀧井朝世）
あ-64-3

朝井まかて
銀の猫
嫁ぎ先を離縁され「介抱人」として稼ぐお咲。年寄りたちに人生を教わる一方で、妾奉公を繰り返し身勝手に生きてきた、自分の母親を許せない。江戸の介護を描く傑作長編。（秋山香乃）
あ-81-1

朝松　健
血と炎の京《みやこ》
私本・応仁の乱
応仁の乱は地獄の戦さだった。花の都は縦横に走る塹壕で切り刻まれ、唐土の殺戮兵器が唸る。戦場を走る復讐鬼・道賢と、救いを希う日野富子を描く書下ろし歴史伝奇。田中芳樹氏推薦。
あ-85-1

井上ひさし
手鎖心中
材木問屋の若旦那、栄次郎は、絵草紙の人気作者になりたいと願うあまり馬鹿馬鹿しい騒ぎを起こし……歌舞伎化もされた直木賞受賞作。表題作ほか「江戸の夕立ち」を収録。（中村勘三郎）
い-3-28

井上ひさし
東慶寺花だより
離縁を望み決死の覚悟で鎌倉の「駆け込み寺」へ——女たちの事情、強さと家族の絆を軽やかに描いて胸に迫る涙と笑いの時代連作集。著者が十年をかけて紡いだ遺作。（長部日出雄）
い-3-32

（　）内は解説者。品切の節はご容赦下さい。

池波正太郎
火の国の城（上下）
関ヶ原の戦いに死んだと思われていた忍者、丹波大介は雌伏五年、傷ついた青春の血を再びたぎらせる。家康の魔手から加藤清正を守る大介と女忍び於蝶の大活躍。（佐藤隆介）
い-4-78

池波正太郎
秘密
家老の子息を斬殺し、討手から身を隠して生きる片桐宗春。だが人の情けに触れ、医師として暮すうち、その心はある境地に達する――。最晩年の著者が描く時代物長篇。（里中哲彦）
い-4-95

池波正太郎
その男（全三冊）
杉虎之助は大川に身投げをしたところを謎の剣士に助けられる。こうして〝その男〟の波瀾の人生が幕を開けた――。幕末から明治へ、維新史の断面を見事に剔る長編。（奥山景布子）
い-4-131

稲葉　稔
武士の流儀（一）
元は風烈廻りの与力の清兵衛は、倅に家督を譲っての若隠居生活。平穏が一番の毎日だが、若い侍が斬りつけられる現場に居合わせたことで、遺された友の手助けをすることになり……。
い-91-12

伊東　潤
王になろうとした男
信長の大いなる夢にインスパイアされた家臣たち。毛利新助、原田直政、荒木村重、津田信澄、黒人の彌介。いつ寝首をかくか、かかれるかの時代の峻烈な生と死を描く短編集。（高橋英樹）
い-100-1

伊東　潤
天下人の茶
政治とともに世に出、政治によって抹殺された千利休。その高弟たちによって語られる秀吉との相克。弟子たちの生涯から利休の求めた理想の茶の湯とその死の真相に迫る。（橋本麻里）
い-100-2

宇江佐真理
幻の声
髪結い伊三次捕物余話

町方同心の下で働く伊三次は、事件を追って今日も東奔西走。江戸庶民のきめ細かな人間関係を描き、現代を感じさせる珠玉の五話。選考委員絶賛のオール讀物新人賞受賞作。（常盤新平）
う-11-1

宇江佐真理
余寒の雪
女剣士として身を立てることを夢見る知佐は、江戸で何かを見つけることができるのか。武士から町人まで人情を細やかに描く七篇。中山義秀文学賞受賞の傑作時代小説集。（中村彰彦）
う-11-4

植松三十里
繭と絆
富岡製糸場ものがたり
日本で最初の近代工場の誕生には、幕軍・彰義隊の上野での負け戦が関わっていた。日本を支えた富岡には隠された幕軍側の哀しい事情があった。世界遺産・富岡製糸場の誕生秘話。（田牧大和）
う-26-2

上田秀人
遠謀
奏者番陰記録
奏者番に取り立てられた水野備後守はさらなる出世を目指し、松平伊豆守に服従する。そんな折、由井正雪の乱が起こり、備後守はその裏にある驚くべき陰謀に巻き込まれていく。
う-34-1

冲方　丁
剣樹抄
父を殺され天涯孤独の了助は、若き水戸光國と出会う。異能の子どもたちを集めた幕府の隠密組織に加わり、江戸に火を放つ闇の組織を追う！　傑作時代エンターテインメント。（佐野元彦）
う-36-2

海老沢泰久
無用庵隠居修行
出世に汲々とする武士たちに嫌気が差した直参旗本・日向半兵衛は「無用庵」で隠居暮らしを始めるが、彼の腕を見込んで、難事件が次々と持ち込まれる。涙と笑いありの痛快時代小説。
え-4-15

逢坂　剛・中　一弥　画
平蔵の首
深編笠を深くかぶり決して正体を見せぬ平蔵。その豪腕におののきながらも不逞に暗躍する盗賊たち。まったく新しくハードボイルドに蘇った長谷川平蔵もの六編。（対談・佐々木　譲）
お-13-16

逢坂　剛・中　一弥　画
平蔵狩り
父だという「本所のへいぞう」を探すために、京から下ってきた女絵師。この女は平蔵の娘なのか。ハードボイルドの調べで描く、新たなる鬼平の貌。吉川英治文学賞受賞。（対談・諸田玲子）
お-13-17